La reina del PUNK

Redbook

La reina del PUNK

SUSANA HERNÁNDEZ

MA NON TROPPO

© 2018, Susana Hernández Marcet

© 2018, Redbook Ediciones, s. l., Barcelona

Diseño de cubierta: Regina Richling

Diseño de interior: Eva Alonso

ISBN: 978-84-948799-8-2

Depósito legal: B-25.514-2018

Impreso por Sagrafic, Pasaje Carsi, 6 08025 Barcelona

Impreso en España - *Printed in Spain*

«Eras mi niña pequeña y compartía todos tus miedos.
Qué alegría tenerte en mis brazos
y hacerte olvidar las lágrimas con mis besos.
Pero te has ido y ya solo hay dolor.
Y no puedo hacer nada.
Y no quiero vivir esta vida
si no puedo vivirla para ti,
para mi preciosa niña.
Nuestro amor no morirá nunca.

(Poema que Sid escribió en la cárcel, tras la muerte de Nancy y que envió a la madre de esta junto a una carta.)

«El punk apareció en el momento correcto: Nueva York estaba en pleno hundimiento, había tiroteos, robos, huelgas, gente sin hogar…Quisimos tocar para sacar a la ciudad de aquella depresión.»
Marky Ramone

«Morir es un arte. Yo lo hago extraordinariamente bien.»
Silvia Plath

1

La primera vez que
quise morir tenía
once años...

Ariadna

La verdad es que sabía muy pocas cosas acerca de Nancy Spungen antes de que me encargasen escribir un artículo sobre ella para una revista musical. Apenas que había sido pareja de Sid Vicious y que murió presuntamente asesinada por su amante en el Hotel Chelsea de Nueva York. Vi la película en la que Gary Oldman interpretaba a Sid. Y poco más.

Nunca sentí una especial curiosidad por su historia, quizás porque el punk no es un estilo de música que me apasione, exceptuando algunos temas de The Clash y Blondie, o tal vez simplemente porque la figura de Nancy, a pesar de su importante repercusión en el universo musical de la época y de su escandalosa muerte, siempre estuvo en un segundo plano, a la sombra de Sid Vicious, un icono moderno tan poco dotado para la música como rebosante de carisma y rebeldía juvenil.

Sin embargo, en cuanto empecé a escarbar en la vida de Nancy Laura Spungen, me llamó poderosamente la atención su compleja infancia, su turbulenta adolescencia, y advertí en seguida que esa Nancy de inteligencia inusual, brillante, rota por dentro, esperanzada por momentos, luchadora, esa Nancy no existía en los medios ni en los documentales, y eso me entristeció y me pareció muy injusto. ¿Por qué nadie se había tomado la molestia de dejar a un lado el personaje y centrarse en la persona? ¿Qué sucedió para que una chica judía de clase media-alta criada en un buen barrio de Huntingdon Valley (Pennsylvania), acabara acuchillada en una habitación de hotel? ¿Cómo es que una mujer con un cociente intelectual muy por encima de la media, que leía a Sylvia Plath a los diez años y que entró en la universidad con dieciséis, se convirtió en una de las *groupies* más famosas de la historia del rock? Mientras investigaba para el artículo, y gracias a la intervención de dos peculiares londinenses, decidí que aquello no era suficiente, que no bastaba con restaurar la figura de Nancy en un reportaje que pronto caería en el olvido. Disponía de material suficiente para escribir un libro que hablase de ella, de su historia, de sus ansias de ser amada, del dolor que nunca supo cómo detener, de la muerte que buscó de manera obsesiva y terca desde los once años, y quería que fuese la propia Nancy quien nos contase los hechos, con su voz, la que yo le he dado en este libro, que es el suyo y el mío.

Es muy posible que jamás se esclarezcan los hechos que rodearon su muerte aquel 12 de octubre de 1978 y esa incertidumbre seguirá alimentando la leyenda y el morbo, pero sí podemos detenernos a averiguar cómo llegó Nancy hasta esa habitación neoyorquina y cómo recorrió el camino que la llevaría a la fama y a la muerte sin haber cumplido los 21 años.

◆————◆————◆

Nancy

La primera vez que quise morirme tenía once años. En realidad, no era la primera vez, creo que el pensamiento, el deseo de acabar con mi vida y mi sufrimiento, estuvo siempre ahí, latente, oculto, dispuesto a saltar sobre mi yugular en el momento oportuno. Y el momento llegó un fin de semana que mis padres se marcharon y mis hermanos y yo nos quedamos en casa con la abuela y una canguro. Por entonces, llevaba un año en tratamiento en un hospital infantil de Philadelphia. En aquellas visitas periódicas me sentía como un mono de feria.

Era una niña distinta, lo supe muy pronto.

No sabía qué me pasaba.

Nadie acertaba a ponerle nombre a mi desasosiego y mucho menos a dar con una solución o al menos un remedio temporal.

A los diez años, los médicos empezaron a atiborrarme de pastillas con el beneplácito de mis padres.

Esa fue su solución mágica.

Nadie intentó comprenderme. No les importó lo más mínimo hurgar en la raíz de mis problemas. Buscaron la opción más fácil.

Ser más inteligente de lo normal, al contrario de lo que pueda parecer, se convirtió mucho más en un obstáculo que en una ventaja. Iba dos cursos por delante de mis compañeros. Me miraban como a un bicho raro.

Era un bicho raro.

Apenas tenía amigas, aunque era lo que más deseaba en el mundo. Solo quería que me quisieran. Es lo que siempre he ansiado, pero por alguna razón, cuanto más lo intentaba, más rechazada me sentía, y más sola, más incomprendida y también más furiosa con el mundo entero y conmigo misma.

Un círculo vicioso del que no había manera de escapar.

Quería y odiaba a mis padres y a Suzy y David.

A David lo odiaba menos y lo quería más, pero en general me costaba encauzar mis sentimientos hacia mi familia. Era una molestia para ellos, un dolor de cabeza constante. Lo veía en sus ojos, en su cansancio, en las constantes decepciones, en sus enfados. Todo era culpa mía. Tanto fue así que decidí que verdaderamente lo fuera, decidí, acaso sin ser del todo consciente, que sería su peor pesadilla, que los castigaría sin descanso por no quererme como yo necesitaba que me quisieran, por haberme dejado en manos de la doctora Blake, por no ser capaces de conseguir que el dolor desapareciera de una vez.

No recuerdo muy bien qué pasó aquella mañana. Recuerdo eso sí que era domingo. Creo que me peleé con David y la canguro, una universitaria del barrio que parloteaba sin descanso con su terrible aire de superioridad, me regañó. La abuela se puso de su parte, como no. David me miraba enfurruñado y Suzy con cara de «te las vas a cargar». Estaba sola, acorralada y mis padres por ahí, pasándolo en grande, encantados de no estar conmigo durante unas horas. No era justo en absoluto.

Lo que pasó a continuación lo recuerdo entre una nebulosa y no estoy segura de si el recuerdo es realmente mío o si lo implanté en la memoria gracias a la doctora Blake. El caso es que subí a la azotea de nuestra casa en albornoz y zapatillas y me puse a gritar a pleno pulmón que quería morirme. Aunque los hechos se difuminen en mi mente, la huella de ese deseo permanece almacenada.

La sensación era real y me ha acompañado cada día de mi vida, sin excepción.

Cuando me convencieron para que bajara de la azotea, agarré unas tijeras y perseguí a la canguro por toda la casa, amenazándola con matarla.

No estoy segura de si de verdad planeaba matarla. Supongo que no. Mi principal objetivo era llamar la atención de mi familia y castigarlos, pero el deseo de morir, de acabar con aquello y a la vez infringirles el peor tormento posible, era muy, muy poderoso para lidiar con él a los once años.

———◆————◆———

Nancy

Dejé el colegio. No me hacía falta ir. Ya me habían enseñado todo lo que necesitaba saber y además todos estaban contra mí, los alumnos y los profesores. Nadie me quería allí. Al principio, mis padres me obligaban a ir, pero me escapaba una y otra vez, hasta que ya no regresé más. Me daba igual no acabar los estudios y por tanto negarme el acceso a la universidad. Ya no me importaba. Para papá y mamá, como para todos los americanos blancos de clase media, ir a la universidad representaba el paradigma del triunfo y la buena vida. Estaba muy claro que en el mundo de las personas normales, de esa gente de clase media blanca americana a la cual pertenecía por nacimiento, no había lugar para mí. ¿Para qué esforzarme? ¿Para qué seguir acumulando fracasos y rechazo? Me imagino que para el colegio también fue un descanso perderme de vista. Todos salíamos ganando, excepto mis padres que no sabían qué hacer con su hija rara ni a dónde llevarla.

En medio de ese panorama, anduve de un lado a otro, a la pediatra, a un estúpido psiquiatra que tampoco pudo o quiso ayudarme, hasta que llegó el principio del fin.

Mis padres arrojaron la toalla, se rindieron y tomaron el atajo rápido, decidieron apartarme de sus vidas, echarme de casa y encerrarme.

Exiliarme con otros chicos y chicas cuyos problemas nadie acertaba a resolver.

Un día, por casualidad, encontré unos folletos de un centro especializado en chicos problemáticos.

Deseaba no haber nacido. Lo deseaba fervientemente.

¿Para qué diablos me trajeron al mundo?

Traté de recopilar todas las pastillas que había en el botiquín familiar, pero mamá me descubrió y truncó mis planes con el consiguiente drama. No estaba dispuesta a dejarme morir, ni a permitir que siguiera viviendo con mi familia.

¿Qué alternativa tenía?

Mis padres no me querían, era un hecho irrefutable.

Estaba condenada.

◆————◆————◆

Ariadna

BARCELONA, 2018

Hay momentos en los que despertar, más que una oportunidad, es una trampa.

Abrí los ojos a la bochornosa mañana de verano y aparté la sábana sudada.

Otra vez la parálisis.

La apatía me atrapaba de nuevo como un cebo a un conejo despistado. Subí la persiana en busca de aire fresco. Por la pequeña ventana solamente entró una brisa viciada y húmeda y una bofetada solar que me dejó sin respiración. Las 10.45. Bonita hora para levantarse un día laborable, o presuntamente laborable. Lo cierto es que últimamente no estaba lo que se dice muy solicitada y mi actividad laboral era más bien discontinua. En otros tiempos ser periodista *freelance* tenía su encanto, era sinónimo de libertad. Hoy en día, con el apabullante intrusismo en la profesión y los salarios paupérrimos, es poco menos que un suicidio profesional. En el teléfono, tres llamadas perdidas y un WhatsApp de mi hijo. El mensaje, breve y conciso: «Me quedo con papá hasta el domingo. Bs». Y un emoticono cariñoso, lo que no estaba nada mal para un chico de dieciséis años. Las llamadas eran de Blai, redactor jefe de una revista musical de pedigrí que antaño contaba a menudo conmigo. En la actualidad, requerían mis servicios en casos desesperados, es decir para encargarme algún artículo de relleno destinado a la versión *online*. Por un instante sentí el impulso de no devolver las llamadas, imponer el amor propio y rechazar el trabajo, pero no me lo podía permitir. Andaba muy escasa de fondos, septiembre acechaba a la vuelta de la esquina, y los gastos escolares derivados del nuevo curso caerían sobre mí. Edi, a pesar de estar ganando mucho dinero con el nuevo trabajo del grupo, se desentendía de las pequeñas menudencias cotidianas. Como artista, el mundo debía perdonárselo. Y yo debía conformarme, faltaría más.

- Hola, Blai. Dime.

- Hola, Ariadna. ¿Sabes quién fue Nancy Spungen, verdad?

- ¿Me tomas el pelo? Estoy un poco espesa, pero vamos, claro que sé quién fue, la famosa novia de Sid Vicious.

- Bien, bien -suspiró aparatosamente-. Es que he preguntado a dos becarias y no les sonaba de nada.

- Eso te pasa por contratar a niñas de dieciocho años que solamente han escuchado a Justin Bieber.

- ¿Y ese quién es?

- Muy gracioso, venga suéltalo. ¿Qué es lo que quieres?

- Que escribas un reportaje sobre Nancy. En octubre se cumplen 40 años de su muerte.

- ¿Y qué pretendes que escriba? Está todo dicho ya sobre Sid y Nancy.

- Lo que te pido es un retrato de Nancy, escribe sobre su infancia, sobre su muerte, sobre lo que te dé la gana, pero que sea algo con garra, Ari. Antes sabías hacer esas cosas, ¿te acuerdas? No me hagas un copiar y pegar de la wikipedia y un refrito de cuatro blogs, para eso ya tengo a las fans de Justin. Si aprieto hasta te puedo conseguir dietas para un viaje a Londres que te ayude a inspirarte.

- ¿Nancy no murió en Nueva York?

- Sí, pero en Londres conoció a Sid y además es más fresco en esta época del año.

- Y más barato.

- Eso también.

- ¿Por qué me lo ofreces a mí, Blai?

- ¿Quieres la versión *light* o la verdad?

- La verdad.

- Lara está de baja por maternidad, Mikel de vacaciones, Julia, la chica nueva, se ha roto el menisco y a David se le ha subido el pavo desde que ganó aquel premio literario y se cree que es Hemingway. Mira, en dirección no han saltado de alegría al oír tu nombre, si te soy sincero, pero yo sigo confiando en ti aunque últimamente te dediques a entrevistar a cantantes de programas televisivos. Nos conocemos hace años y sé que puedes hacer un buen trabajo. Esto es importante, Ari. Es muy posible que vayas en portada para el número de octubre. No me falles. ¿Te interesa o no?

- Me interesa. Consígueme ese viaje a Londres.

- Hecho.

Cuando colgué el teléfono, mi humor era todavía más sombrío. No soy fan de los Sex Pistols, ni siquiera había nacido cuando Nancy Spungen apareció muerta en la habitación 100 del hotel Chelsea. Lo mío es el indie y la música electrónica, las crónicas del Sónar y los grandes festivales europeos. El punk, Nancy y Sid me quedaban casi tan lejos como Justin Bieber.

◆——◆

Nancy

Todo fue a peor.

Agredí a mi madre con un martillo y me encerraron en el sótano durante horas.

La verdad es que no sé por qué lo hice. Padecía alucinaciones, es la única explicación que encuentro. Era una pesadilla constante que me aterraba despierta y dormida. Nunca estaba a salvo. Había tiburones en mi habitación, me atacaban y querían comerme. Era espeluznante. Los veía de verdad y estaba aterrorizada y a la vez llena de rabia. Mis padres insistían en que no había tiburones en mi cuarto. ¿Es que no me creían? Estaban allí, eran reales y amenazadores. ¿Por qué nadie me libraba de ellos? Pasé semanas envuelta en aquel terror. Hasta que sucedió el milagro. La medicación que me recetó mi psiquiatra, Thorazine, era tan potente que aniquilaba a los tiburones.

Aquello estaba bien, muy bien. Ya no sentía nada. No padecía.

Era una niña de once años convertida en un zombi.

En ese momento empecé a aprender que la química lo soluciona todo, que allí donde no llegan los seres humanos, llegan las drogas, y te hacen la vida mucho mejor.

También descubrí la música. Fue una revelación. Absorbí los discos de mis padres que escuchaban a los Beatles con devoción y fui más allá. Cada sábado me compraba un disco con mi asignación semanal: Hendrix, The Doors, Janis, Led Zepelin.

En realidad, las dos pasiones de mi vida llegaron a mí casi al mismo tiempo: las drogas y la música.

Pero como decía, todo fue a peor.

Poco después del episodio del martillo, me encerraron en un psiquiátrico sin ni tan siquiera haber cumplido los doce años.

El verdadero calvario estaba a punto de comenzar.

◆———◆

Nancy

P asé unos días en el psiquiátrico. Me instalaron en un pabellón con mujeres adultas completamente dementes. No exagero al decir que aquel era el lugar más espantoso de la tierra. Internas que se golpeaban la cabeza contra las paredes hasta desparramar los sesos en el pasillo, otra que no paraba de chillar «mi hijo, habéis ahogado a mi hijo» constantemente, a todas, horas, de día y de noche. Otra paciente creía que Satanás le hablaba y le exigía que matara al presidente. Había una chica bastante joven, como de veinte, que acunaba una toalla vieja pensando que era su hijo y le cantaba nanas pasillo arriba y pasillo abajo y una mujer rubia, con el pelo crespado que me miraba y me decía «te voy a destripar como a un animal, zorra apestosa» y se echaba a reír con una risa estridente que se te clavaba en el cerebro.

La idea de la muerte seguía rondándome, y desde luego era mucho más atractiva que pasar un solo minuto encerrada allí.

El loquero no solamente era horripilante y contraproducente para mí, era una promesa de futuro, una premonición diabólica, el trailer de la película que sería mi vida unos años más tarde. Acabaría arrinconada en aquel sitio o en uno muy parecido, entre chiflados y parias, olvidada por todos.

Me juré a mí misma que no lo toleraría. Me mataría antes de acabar así. Elegiría el cómo, el dónde y el cuándo.

Mis padres se horrorizaron cuando vinieron a verme y me encontraron escondida debajo de la cama, sollozando. Me pidieron perdón y se comprometieron a sacarme lo antes posible. Para convencerlos les prometí cosas que no pensaba cumplir o en el mejor de los casos, que no estaba segura de poder cumplir, pero me daba igual. Habría negociado con el mismo diablo con tal de salir de aquel lugar espeluznante.

Por fin regresé a casa y quedó claro que no volvería al colegio. Tampoco tenía mucho sentido, mi nivel académico era de estudios universitarios. Fui tan ingenua que pensé que las cosas se iban a arreglar, que me quedaría allí, medicada, con mis padres y mis hermanos, que ellos me querrían y me protegieran, mientras en realidad seguían afanándose a mis espaldas por encontrar un centro en el que ingresarme, un sitio que no fuese desolador y que les permitiera llevar una vida de familia normal sin sentir remordimientos.

Y lo encontraron en Connecticut.

Barton era un colegio para chicos con problemas, y era realmente agradable, incluso podía escuchar mis discos. Contra todo pronóstico, resultó una de las épocas más apacibles de mi vida. Allí fui casi feliz durante un tiempo y llegué a creer que realmente no todo estaba perdido.

Llegué a concebir esperanzas.

Ariadna

Edi Vargas, cuyo nombre real era Eduardo Domínguez Vargas, sonreía a la cámara con la naturalidad del que ha nacido para gustar. A los cuarenta y uno conservaba intacto buena parte de su encanto juvenil. Me situé en un discreto segundo plano, dispuesta a esperar pacientemente a que mi ex marido finalizara la sesión fotográfica. Traté de tomar distancia, mirar a Edi como un mero ídolo de masas en plena segunda juventud, con el ribete de patetismo inherente, pero no pude.

O no del todo.

Edi era y es más que eso. Para mí y para toda una generación que creció con sus canciones. Canciones que escribió para mí, que hablaban de los dos, de nuestros momentos, de peleas y reconciliaciones. Incluso escribió un tema sobre el nacimiento de Jon que llegó al número uno de la lista de éxitos y se mantuvo durante siete semanas. Toda una vida narrada en canciones. Toda una vida a remolque del carisma de Edi y de sus tremendos ojos azules.

- Ari, qué alegría verte -me besó en la boca. Una costumbre que ahora que ya no estábamos juntos empezaba a mortificarme- ¿No estás muy blancucha para ser verano?

Él lucía un bronceado impecable, llevaba una camiseta de Los Smiths y unos vaqueros rotos. Igual que a los veinte, salvo por varios tatuajes más y un puñado de arrugas nuevas.

- Tengo que irme a Londres por trabajo, Edi ¿puedes quedarte con Jon unos días?

Edi miró el móvil y lo guardó de nuevo en el bolsillo, sonrió a la fotógrafa y saludó con la mano a alguien a quien yo no veía. Cuando por fin volvió a prestarme atención, se encogió de hombros, sonriendo con aquella despreocupación tan suya que en la adolescencia tomé por encantadora rebeldía, y que más tarde descubrí que era simple y pura dejadez.

- ¿Dices que te vas a Londres? Qué bueno. ¿Por qué no vamos los tres? Lo pasaríamos de fábula.

Lo miré perpleja.

- ¿Los tres? ¿Y tu novia?

- Ah, buena idea, también puede venirse -respondió con entusiasmo sincero, sin asomo de ironía-. Si le dieras una oportunidad, te caería muy bien. De verdad, os llevaríais estupendamente, Ari.

- Voy a ir sola. Tengo que escribir sobre Nancy Spungen.

- ¡Eso es genial! A mí siempre me encantaron los Sex Pistols -se lanzó a tararear «God save the Queen».

- ¿Ah sí? Primera noticia.

- Que sí, Ari. Antes de conocerte, tuve una época muy punk. Ramones, Iggy, The Clash, Sex Pistols, Dead Boys...

- Si nos conocemos desde los catorce años Edi, y jamás te he visto escuchar nada de punk.

- Mi hermano tenía un disco de The Clash, ¿no te acuerdas?

- Vale, si eso cuenta, mi padre tenía discos de Manolo Caracol. ¿Significa eso que yo sé una palabra de flamenco?

- Puede que tuviera trece años en mi etapa punkie. Fui muy precoz. Tú te lo pierdes, podría contarte un montón de cosas de Sid.

- ¿Por ejemplo?

- No creo que él matara a Nancy -repuso muy serio.

- ¿Por qué lo dices?

- La quería mucho.

Solo Edi tenía el don ser tan simplista y a la vez tan estúpidamente romántico y por eso seguía queriéndolo a pesar de todo.

Nancy

Los Bebee, el matrimonio que se encargaba de Barton eran personas estupendas que se preocupaban mucho por nosotros, los chicos que estaban a su cuidado. En seguida me hicieron sentirme en casa, valorada y apreciada. Creyeron en mí como nadie lo había hecho antes, incluidos mis propios padres. Si bien es cierto que al principio tuvimos nuestras diferencias, poco a poco se fueron arreglando. El entorno era fabuloso y hacíamos un montón de cosas al aire libre; patinábamos sobre hielo, cortábamos leña. Había una sala fantástica para leer y escuchar música. Me sentía a gusto allí. Pasé unos meses muy buenos. Progresé mucho, tanto en la terapia como en la forma de enfrentarme a los problemas hasta el punto que dejaron de darme pastillas. Mis padres se mostraban orgullosos y esperanzados de que después de todo pudiera mejorar y continuar con mis estudios. Lo creían de verdad y yo también. Por primera vez confiaban en mí y eso me hacía sentir muy bien, llena de posibilidades y de fuerzas.

No pensé en huir de allí, aunque algunas chicas lo intentaron sin éxito, y tampoco fantaseé con la muerte, solo con la vida, en lo que tenía por delante y en que tal vez lo podría lograr.

Quizá llegara a ser una chica normal, tener novio, ir a la facultad y hacer que mis padres se sintieran realmente orgullosos de mí.

Quizá.

Nancy

CONNECTICUT, 1972

El verano fue genial en el campamento de verano de Maine. Lo pasé estupendamente bien. En otoño volví a Barton repleta de energía, con ganas de afrontar mi último año y matricularme el curso siguiente en la escuela preparatoria. Ese era el plan que los Bebee, mis padres y yo habíamos trazado con la mayor ilusión, pero las cosas se torcieron rápidamente.

Aquel otoño los Bebee ya no estaban en Barton. Los trasladaron a otro colegio en la otra punta del país. En su lugar trajeron al estúpido y arrogante señor Grant, un cretino con el que no congenié en absoluto. Solo con verlo supe que todo iría mal. Los buenos tiempos habían pasado a la historia. Barton ya no era el mismo centro y yo no estaba a gusto allí.

Es posible que en aquella curva, mi camino se despeñara para siempre.

De la noche a la mañana nos arrebataron los cuartos privados y colocaron literas como en un maldito barracón militar. Ya no disfrutábamos de privacidad ni del cálido ambiente familiar que tanto bien me había hecho durante los últimos meses. El señor Grant era frío y distante. No nos gustábamos, era cuestión de tiempo que acabásemos colisionando y eso pasó muy pronto. De repente, todo se había vuelto hostil y extraño para mí. El número de chicas aumentó exponencialmente y el personal menguó en cantidad y calidad. Apenas veía a mi psiquiatra, sin tiempo material para atender a tal cantidad de internas. El volumen de chicas hizo que los roces se multiplicaran; había robos, peleas. Me espiaban y me trataban fatal. Quería huir de allí a toda costa. Se lo expliqué a mis padres, pero como era de esperar, no me hicieron ni puñetero caso. Creían todas las mentiras que les contaba el señor Grant. Yo era la loca, o en el mejor de los casos, exageraba. Se negaron a dejarme volver a casa, tal como me habían prometido. El señor Grant se cansó de mí tanto como yo de él y comunicó a mis padres que lo más sensato era acudir a un centro con internos adultos. Según él, en Barton no podían ofrecerme nada más.

Mis padres incumplieron sus promesas y aceptaron encantados.

Allí, en el nuevo centro, se me abrió un mundo nuevo. Descubrí la forma de huir más maravillosa: las drogas ilegales.

Tenía trece años.

Ariadna

Blai tenía razón, Londres es fresco en verano, demasiado diría yo. Llovía casi a todas horas, y si por casualidad la lluvia se daba una tregua, apenas lucía un sol pálido que trataba de sobrevivir entre infinitas capas de nubes grises y bajas. Miré por la ventana del hotel. ¿Qué pintaba allí? No necesitaba salir de Barcelona para escribir un artículo sobre Nancy Spungen. ¿Qué esperaba encontrar en Londres cuarenta años después? La ciudad no era la misma, el mundo no era el mismo. El punk estaba muerto y enterrado.

O quizás no.

Una vuelta por las tiendas de vinilos de Candem hizo tambalear mis ideas fatalistas. Las camisetas de los Sex Pistols se seguían vendiendo, y no solo eso, también gozaban de un gran éxito las que llevaban la imagen de Sid en solitario e incluso varios modelos en los que aparecía una de las fotos más famosas de Sid y Nancy. De hecho, uno de los vendedores, un chico muy joven pecoso y pelirrojo, llevaba una camiseta con la portada de «Never mind the bollocks, here´s the Sex Pistols». Aquello era una señal y no dudé un segundo en aprovechar la oportunidad. Me presenté y le conté el motivo de mi visita a Londres.

- ¿Vas a escribir sobre esa zorra de Nancy? - hizo una mueca de asco- ¿Por qué? Ella no hizo nada que mereciese la pena, aparte de cargarse la banda.

- Sid tampoco era un angelito -repliqué ante mi propio asombro. ¿Por qué me posicionaba a favor de Nancy si en realidad me daba igual?

- Él era un tipo genial -replicó muy serio.

- Era un pésimo bajista. El peor músico de la historia.

- Venga ya, ¿de qué vas, tía? Mira si quieres saber de lo que hablas pásate esta noche por el Calling Londres. Hoy toca una banda de tributo a los Sex Pistols.

Mientras intercambiaba puyas con aquel niñato descolorido localicé la raíz de mi beligerancia. También yo tiempo atrás fui señalada por interferir en la sagrada marcha del grupo de Edi. Tote, su amigo y guitarrista, me acusó abiertamente de haberme quedado embarazada adrede «para domesticar a Edi y joder el grupo».

Escribiría el artículo por Nancy, por Yoko, por Courtney Love, por mí, por todas las mujeres que tuvieron la mala fortuna de enamorarse de un músico.

- Dame la dirección.

Pasé el resto de la tarde dando tumbos por Candem. Compré dos docenas de discos, me tomé varias tazas de té y hablé brevemente con Jon. Sí, estoy bien mamá. ¿Y tú? Vale cuídate. Besos. Ciao. A las ocho me compré una ración de *fish and chips* para cenar, pasé por el hotel a cambiarme de ropa y me dirigí en metro al antro de nostálgicos.

El concierto ya había empezado. Me sorprendió la notable afluencia de público para ser un martes por la noche. Tomé asiento en una mesa cercana a la salida, por si había jaleo. Era una costumbre que me inculcó Edi y más de una vez me había salvado de problemas mayores. El grupo llamado Sex Guns tocaba bastante bien. A nivel musical, eran mucho mejores que los originales, aunque eso, para ser justos, sucede con la inmensa mayoría de los grupos de aquellos años. El sonido de los setenta está plagado de imperfecciones, de discos grabados en condiciones pésimas, de conciertos con fallos técnicos y de músicos con evidentes carencias, pero también hay que reconocer que rebosaban de autenticidad, aun poseían una ingenuidad, la sensación mágica de que todo era posible, algo que hoy ha pasado a mejor vida. El grupo versionó varios éxitos de los Sex Pistols y se atrevieron con un par de temas de cosecha propia que no estaban del todo mal, si a uno le gusta el punk setentero. Al final del concierto divisé al pelirrojo, pinta en mano, charlando con una chica alta y flaquísima. El pelirrojo levantó su copa y se hizo paso a través de las mesas y los cuerpos sudorosos que emanaban un poderoso efluvio a cerveza.

- ¿Qué te ha parecido?

- No ha estado mal.

La chica espagueti desapareció.

- Conozco a alguien que podría ayudarte. Si te interesa, puedo concertarte una entrevista con Johnny. Él te contaría un montón de cosas sobre Los Pistols, y sobre Nancy también, claro.

Se me aceleró el pulso.

- ¿Te refieres a Johnny Rotten?

El pelirrojo soltó una sonora carcajada y dejó el vaso vacío en la barra pringosa.

- Sí, hombre y qué más. Me refiero a Johnny Caraculo. Tocó en varios grupos de los setenta y los ochenta y fue seguidor de los Pistols.

- ¿Johnny Caraculo? ¿Te estás quedando conmigo?

- No, en serio. Es un superviviente de la época, toda una leyenda en el punk de Londres. Además es primo segundo de Glen Matlock, el bajista original de la banda, antes de que incorporasen a Sid, o eso

dicen. Bueno, ¿quieres que te presente a Johnny sí o no?
- De acuerdo.
- Déjame tu número. Te llamaré.

Nancy

Lakside Campus era un centro mixto. Los chicos y las chicas estábamos separados en dos pabellones distintos y compartíamos algunos espacios comunes. Al principio me pareció un lugar horrible. Mala comida, gente más mayor que yo con pintas muy raras y aspecto enfermizo. Aquello me daba miedo. Por las noches, no podía dormir. Tenía pesadillas y mis dos compañeras de cuarto se despertaban a menudo enfadadas y amenazándome con darme con una paliza o quemar mi ropa. Más de una vez pensé que de verdad iban a agredirme, sin embargo todo quedó en algún que otro empujón y algún tirón de pelo.

Una de las pocas ventajas de Lakside Campus era la cercanía con nuestra casa, aunque no me sirvió de mucho, la supervisora, Brooke Mallory, no me dejaba ir a visitar a mi familia, y mis padres, como de costumbre, se pusieron de su parte.

Vivía en el mismo infierno y nadie se preocupó de rescatarme. Papá y mamá se habían desentendido de mí, pagaban un buen dinero para quitarse de encima el problema y llevar una existencia tranquila sin su hija conflictiva y naturalmente no estaban dispuestos a que regresara a casa y alterase su vida pacífica y maravillosa. Lo que a mí me ocurría en aquel centro infecto, les daba igual a ellos y a mis hermanos.

En Lakside aprendí no solo que las drogas son una autopista directa a la evasión y llegado el caso, a la muerte, también que estaba sola y que lo estaría siempre. Y empecé a autolesionarme. En cierta forma, era un alivio y en parte también un ensayo, un modo de ver si era capaz de causarme auténtico dolor.

Los cortes me hacían sentir algo verdadero, me recordaban que estaba viva y también que vivir no es un paseo.

He de reconocer que Lakside Campus me cambió la vida en muchos aspectos. Allí perdí la virginidad a los catorce años y conocí a mi primer novio. Se llamaba Jeff y era músico.

El sexo me dio una nueva perspectiva de las cosas. Tenía algo que brindar, algo con lo que negociar, algo que los demás deseaban de mí y que podía negar u ofrecer, según mi conveniencia. Además de placentero, el sexo resultaba muy útil como moneda de cambio y me convertí en una experta negociadora. Jeff y yo íbamos puestos de ácido casi todo el tiempo. En el colegio nadie controlaba nada. No disponían ni de los recursos ni de las ganas. Mis padres pagaban un dineral para que me vigilasen y en vez de eso, los profesionales cualificados del centro consentían que una niña de catorce años tomara drogas y follara con quien quisiera.

Fruto de aquel desmadre, me quedé embarazada y me entró tal pánico que traté de solucionarlo clavándome el alambre de una percha en el útero.

Es uno de los dolores más atroces que he sufrido.

Cómo iba a traer un niño al mundo y exponerlo a que sufriera lo que yo estaba sufriendo. ¿Y si yo tampoco sabía quererlo como mis padres no habían sabido quererme a mí? ¿Y si acababa en centros desde los once años, solo y asustado?

De entrada, me lo quitarían. ¿Qué sería de él o de ella?

No. Ni hablar.

La chapuza de la percha provocó que me ingresaran de urgencias. Luego, se empeñaron en hacerme creer que el embarazo y el aborto fueron figuraciones mías.

La misma historia de siempre.

Dejando de lado ese percance desagradable, lo pasé muy bien con Jeff. Vivimos una buena época que duró algo menos de dos años, hasta que se marchó. Nos escribimos al principio, las tres o cuatro primeras semanas, hasta que las cartas se espaciaron y dejamos de estar en contacto y yo conocí a otros chicos. No eran como Jeff, pero no estaban mal.

Sin Jeff regresaron mis ansias de volver a casa, y me escapaba continuamente y ellos de nuevo, me volvían a encerrar.

Una y otra vez.

Una y otra vez.

La misma película repetida hasta la locura.

Poco después, quizás a la vista de mi terquedad, Brooke, mi supervisora y el director decidieron que estaba lista para marcharme y reanudar mis estudios. Mis padres, de nuevo, no estuvieron de acuerdo. Pretendían que me quedara allí un año más. No lo pude soportar. Traté de matarme varias veces y una de ellas estuve a punto de conseguirlo. Desgraciadamente, me encontraron a tiempo.

Era cuestión de tiempo que lo lograra, y lo haría.

La vida solo me había proporcionado hasta el momento elevadas dosis de sufrimiento y vacío. Por fuerza la muerte tenía que ser una opción mucho mejor.

Nancy

Por fin, me salía con la mía. Saqué una puntuación alta en los test de acceso y me admitieron en la universidad de Boulder, Colorado, al pie de las Montañas Rocosas.

¡Lo había conseguido!

A pesar de todos los obstáculos y los malos tragos, podría llevar una vida normal, sin estar rodeada de locos e inadaptados. En Colorado, estudiaría, esquiaría y conocería a muchos chicos guapos e interesantes.

No cabía en mí de gozo y de orgullo.

Entré en la universidad con dieciséis años. Los demás estudiantes eran mayores que yo, pero ya estaba acostumbrada a ser la más joven en todas partes. Me gustaban las clases y me encantaba sentirme libre, sin nadie que estuviera encima de mí, registrando mis cosas, obligándome a ir al loquero, a levantarme a una hora, a acostarme a otra.

Era libre, libre de verdad por primera vez en mi vida. Durante el primer curso todo fue de maravilla. Iba a clase de vez en cuando, me colocaba, esquiaba, salía de fiesta con mis compañeros. Era la vida soñada de cualquier adolescente. Cuando iba a casa de visita, cosa que pasaba muy de vez en cuando, me juntaba con mi amiga Linda y su pandilla. A mamá no le gustaban nada, aunque no se atrevía a decirlo abiertamente por miedo a disgustarme. Mi familia me tenía miedo, sobre todo Suzy, y eso, en el fondo, me gustaba. Me proporcionaba una sensación de poder desconocida.

Todo se vino abajo en Colorado por unos estúpidos esquíes robados. Unos amigos con los que salía de vez en cuando se dedicaban a robar esquíes a los universitarios y los almacenaban en mi cuarto y en los cuartos de otros chicos. A mí no me importaba. Sabía que los vendían para conseguir droga y nunca pregunté nada. Cuando los pillaron, la policía me detuvo y vino mi padre. Estaba muy enfadado. Me miró con aquella expresión de «sabía que lo echarías todo a perder» que me partió en dos. Contrató a un abogado y me sacaron del lío, al fin y al cabo era menor, y yo no estaba involucrada en los robos pero la broma me costó dejar la universidad. Realmente no era para tanto. Odié a mi padre durante mucho tiempo. No podía perdonárselo. De hecho, nunca lo perdoné del todo.

Me había robado mi pasaporte a la normalidad, a la vida soñada.

No quería ir a otra facultad, no quería tratar de vivir una vida como la de los demás, si nunca sería completamente aceptada. Mi lugar estaba en otra parte, con otra gente. Mi vida sería corta pero fulgurante y mi nombre se recordaría para siempre.

Estaba totalmente segura de ello.

A partir de aquel momento, morir se convirtió en mi objetivo prioritario, pero antes debía hacer algo especial, ser alguien especial. Se lo dije a mi madre a la vuelta de Colorado, le dije que moriría antes de los 21 años y que lo haría entre grandes titulares. No me cabía duda de ninguna de las dos cosas.

◆——◆

Ariadna

Johnny Caraculo aparentaba más de sesenta años. El pelo escaseaba en varias zonas de su cabeza y el poco que le quedaba, lo peinaba de un modo extraño. Era un tipo grandote y rechoncho, con las mejillas tan sonrosadas que parecían pintadas y unos ojos azul conejo. Un viejo punk con pinta de granjero y ropa deportiva. Nos habíamos citado cerca de la tienda de discos en la que trabajaba Derek, el pelirrojo. Johnny propuso tomar unas pintas en el pub de la esquina. Era un local pequeño y oscuro y olía a cerveza y a pis.

- ¿Eres de Barcelona?
- Sí.
- Yo pronto me voy para allá. Me pillas de milagro. Ya tengo hechas las maletas para viajar a Málaga. Aquí el tiempo es un asco.

Sopesé la opción de explicarle que Barcelona está a casi mil kilómetros de Málaga, pero desistí. Para la mayoría de ingleses todo es sol, paella y toros.

- Bueno, ¿qué quieres saber? Me ha dicho Derek que quieres escribir sobre esa pirada de Nancy.
- No es que quiera exactamente, es un trabajo que me han encargado.
- Nancy era una plaga bíblica, ¿me entiendes? Nada bueno podía pasar estando ella cerca. Se cargó la banda, se cargó a Sid, se lo cargó todo.
- Más bien Sid se la cargó a ella, ¿no? O eso se supone.

Johnny se secó la boca con la manga del chándal y arrambló un puñado de cacahuetes.

- No lo creo. Nunca lo creí ni por asomo. Sid podía ser muchas cosas, pero no era un asesino.
- Estaban muy colocados. Se pelearon. Tal vez se le fue de las manos. Suena creíble.
- Yo no estaba allí. En aquella época, le habíamos perdido la pista a Sid, pero me apuesto un brazo a que él no la mató.
- ¿Y tienes alguna versión alternativa que explique la muerte de Nancy?

- Mira, el noventa y cinco por ciento de la gente que trataba a Nancy, deseaba asesinarla, y el cinco por ciento restante todavía no la conocía lo suficiente.

- Cuéntame cuál era tu relación con Sid y Nancy. ¿Los conocías bien?

El pub se iba llenando poco a poco. La música que sonaba a volumen muy bajo, cesó y la televisión tomó el relevo. Alcé la cabeza y distinguí el verde de un campo de rugby y unos tipos vestidos de rayas, revolcándose por el fango.

- Sid era mi amigo -proclamó con orgullo.

- Concreta un poco más. La palabra «amigo» se utiliza con demasiada ligereza, más cuando se trata de personas famosas. ¿Cuándo lo conociste?

- Antes de que entrase en los Pistols, en un concierto con Siouxsie y los Banshees en Club 100, en Oxford Street. Sid tocó la batería. Creo que nos presentó Mick Jones, o su novia, Viv, no me acuerdo. Sería -se acaricia la barbilla- el verano del 76, sí. Unos días después volvimos a vernos en un concierto en el Roxy que acabó en bronca. Allí todo el mundo repartía, ¿sabes? y yo no me quedaba atrás. Le eché un cable a Sid. Un tipo estaba a punto de romperle una silla en la cabeza y yo lo embestí y lo empotré contra la barra. Sid sonrió y me dijo.

- Buen placaje, colega.

Cuando Sid entró en la banda, no me perdía un concierto, los acompañaba a todas partes, ayudaba a cargar los instrumentos, lo que hiciera falta. Siempre me trataron como a uno más. En cierta forma, yo era un Pistol en la sombra, ¿entiendes?

Le di un sorbo a la Guiness. No tenía muy claro si Johnny Caraculo era un timo o un auténtico superviviente del punk londinense.

- Los Pistols eran lo más. Dieron voz a toda una generación de jóvenes británicos obreros en un momento socialmente muy duro, de mucha represión, paro y desánimo. Londres era un caos, huelgas de basureros, destrozos. Ellos fueron un soplo de aire fresco, qué digo, un puto huracán. Eso es lo que fueron.

- ¿Cuál fue la primera impresión que tuviste de Nancy?

- Pues...pensé que era una zorrita de mucho cuidado. Llevaba la palabra *groupie* escrita en la frente. Vino a Londres porque andaba detrás de Jerry Nolan, de los Heartbreakers, toda vestida de leopardo, pero Jerry no le hacía ni caso, es decir solo le hacía caso cuando le conseguía drogas, ¿lo pillas? Ella iba de novia de Jerry, pero no lo era.

Solo era otra *groupie* más que le suministraba caballo y con la que de vez en cuando, se lo montaba. Eso era todo. Nancy Intentó ligar con Johnny Rotten y con Steve. Johnny Thunders había advertido a los Pistols sobre ella. Era bastante conocida en el mundillo de las *groupies* de Nueva York y tenía fama de crear problemas, ¿sabes? No le caía bien a nadie. Allá donde iba, la liaba. A Johnny Rotten no le interesaba Nancy. Pasaba de tener líos con una yonqui. Se la presentó a Sid. Nadie pensó que realmente le gustara. Todos creímos que follarían y que luego esa loca regresaría a Estados Unidos en busca de otra víctima, pero se engancharon literalmente. Sid era mucho más inocente de lo que la gente piensa. Era muy crío, y estoy casi seguro de que era virgen cuando conoció a Nancy. En definitiva, un blanco fácil para una chica como ella, con muchos tiros pegados.

- Ya. Entonces ¿ella lo pervirtió? -pregunté con ironía que Johnny no captó.

- En parte sí.

- He leído esa historia de que ella lo metió en la heroína, pero no me lo creo del todo -dije.

- La madre de Sid, Anne Beverly era una yonqui federada. Por lo que yo sé, ella podría haberle dado heroína a Sid mucho antes de que conociera a Nancy. Es posible, o cualquier otra persona. Yo qué sé -admitió.

- En ese caso, él ya era un yonqui antes de conocer a Nancy.

- No, no lo era. Le gustaban mucho las drogas, eso sí. Sobre todo el *speed*. En aquella época en Londres, lo normal era meterse *speed* y marihuana. La heroína no era una droga popular. A la gente le daba miedo. Meterte caballo te estigmatizaba, no sé si me entiendes. Cuando llegaron por aquí Nancy y los Heartbreakers trajeron ese rollo neoyorquino, y popularizaron la heroína. De repente, era lo más. Si querías ser *cool*, tenías que chutarte para ser como Thunders. Los Heartbreakers tenían un piso por la zona de Victoria mientras estaban en Londres, y allí iba todo el mundo a adorar a Thunders y a meterse caballo. Y Sid se subió rápidamente al carro. Quería ser una estrella del rock y hacer lo que se suponen que hacen las estrellas del rock. Ya te digo que era como un crío. Hacía las cosas por impulso, sin pensar en las consecuencias, y por supuesto, se metía en muchos líos.

- Pero ni siquiera sabía tocar el bajo, ¿cómo pensó que podría ser una estrella de la música?

- Eso es verdad. Era malísimo, pero tenía mucho carisma, en serio, y una actitud muy punk y mejor físico que Rotten, desde luego y no tenía mala voz. Podría haber sido un buen cantante. Aunque me fastidie admitirlo, puede que el que se cargara a los Pistols fuera Sid, o más bien las drogas que trajo Sid a la banda. Los del grupo pasaron de ser chicos de los barrios bajos combativos y con ganas de joder a las clases altas y a los políticos, a tener fama de drogatas. Johnny Rotten lo llevó muy mal. Nunca lo soportó, ¿sabes? Nunca fue su rollo, ni el de los demás. El caballo era cosa de Sid. De Sid y de Nancy. Eran la viva imagen de una pareja de yonquis y les encantaba.

- ¿Quién crees que asesinó a Nancy?

- Creo que fue un camello del Chelsea. Es lo que tiene más sentido. No creo que Sid la matara. Sinceramente, no lo creo. La verdad es que la amaba.

Nancy

A mis padres les horrorizaba la idea de tenerme en casa. Saltaba a la vista. Mis hermanos habían tenido sus propios escarceos con la hierba, nada serio pero suficiente como para escandalizarlos. Yo era el diablo que traía las malas costumbres a su inmaculado hogar Temían que contaminara sus puros corazones. Ahora que ya sabían que no había futuro para mí, que nunca volvería a ir a la universidad, les estorbaba aun más. Había vivido en centros desde los once años y no sabían cómo apañárselas para convivir conmigo. La convivencia era difícil, lo era para todos. Tal vez si nos hubiéramos esforzado, habría salido bien. Evidentemente, ellos ni siquiera lo consideraron.

Repitieron la misma jugada: ingresarme en un psiquiátrico de nuevo. Sin embargo, se tropezaron con un inconveniente económico, el seguro cubría unas pocas semanas de tratamiento y muy pronto me dieron el alta.

Otra vez en casa.

Ya no me interesaba complacerles, me cansé de intentarlo. Ese verano se me abrió el cielo, entré de lleno en el mundo de las *groupies* de Philadelphia y desde el primer momento quise pertenecer a él.

Era mi lugar.

Nancy

Los sábados de concierto eran los mejores días. Philly no es Nueva York, no solía haber conciertos de rock todos los días, ni siquiera cada semana. Venía un grupo una vez al mes o mes y medio y era un gran acontecimiento para mis amigas y para mí. Mi amiga Randi, con la que trabé amistad trabajando en una tienda de ropa, conocía a alguien que conocía a alguien que tenía acceso al *backstage* de las bandas que actuaban en la ciudad y así fue como accedimos a Queen, a Aerosmith, The Who, a la mayoría de los grupos de éxito del momento. No solamente teníamos acceso al *backstage* antes y después del concierto, también estábamos invitadas a la fiesta posterior que normalmente tenía lugar en la suite de un lujoso hotel. Al amanecer, una limusina nos llevaba de vuelta a casa. Lo que acontecía entre las paredes de las suites era como un sueño: bandejas repletas de drogas de todo tipo, alcohol a mansalva, y mucho sexo. Podías meterte lo que quisieras. Por supuesto, lo probé todo o casi todo. No había droga que no me apeteciera probar. Aquello era el paraíso de una yonqui. Si te apetecía enterrarte en montañas de heroína y cocaína, lo hacías. Tuve sexo con muchos de ellos. Era mi sueño, entrar en el mundo del rock, conocer a las estrellas y que alguno de ellos me convirtiera en su compañera. A veces, pasaban cosas feas en esas fiestas, era inevitable, alguien que perdía la cabeza o se ponía violento, o que sufría un shock por las drogas. A algunos músicos les preocupaba que las chicas, o los chicos según el caso, fuesen menores de edad aunque a la mayoría era eso precisamente lo que les encantaba, cuanto más jóvenes, mejor. No era nada nuevo en el mundo del rock. Sable Starr, la *groupie* más famosa de Los Ángeles se acostó con Iggy Pop, David Bowie, Steven Tyler, Johnny Thunders y un montón más con solo trece años. En aquellos tiempos, Sable ya no vivía en Los Ángeles. Tenía una relación con Johnny Thunders y vivían en Nueva York. Por entonces todavía no lo sabía, pero muy pronto la conocería y nos haríamos buenas amigas.

Ariadna

En el hotel, escuché la entrevista de Johnny. Hizo un rastreo a fondo de Internet, pero tal como me dijo Blai la mayoría de blogs se plagiaban unos a otros con el mayor descaro. Leí las mismas historias una y otra vez, escritas exactamente con las mismas palabras, las mismas fotos y los mismos enlaces. Me aprovisioné de todos los libros que hablaban de Nancy y de Sid y del punk. Vi documentales, entrevistas, documentos de la época. En cuanto profundicé un poco en la vida de Nancy, me di cuenta de que muchos de los hechos que se daban como ciertos en la Red y en los medios tradicionales, y que nadie se molestaba en comprobar, no lo eran en absoluto y en el mejor de los casos eran inexactos. Incidentes falsos, datos que no cuadraban. Por ejemplo, la recurrente historia de que Nancy se fugó de casa con 16 años destino a Nueva York es totalmente falsa. Fue una decisión consensuada con sus padres, de los que en realidad partió la idea. Tampoco es verdad que Nancy se prostituyese para recaudar el dinero con el que viajaría a Londres en pos de Jerry Nolan. Nancy fue stripper, prostituta y dominatrix, antes y después de su viaje a Inglaterra, pero el dinero necesario para su aventura se lo dio su madre del fondo que había reservado para ella tras la muerte de su abuelo. Hay muchas otras mentiras o medias verdades. La prensa ha construido a lo largo de los años una Nancy ficticia, o quizás sería más ajustado decir que ha destruido a Nancy, una imagen sesgada, una reputación hecha añicos. Hacía falta una culpable, un chivo expiatorio, y por arte de magia en vez de ser la víctima de un crimen violento, Nancy pasó a ser la diana señalada, la bruja del cuento, la mujer malvada que malogró al pobre Sid y dinamitó los Sex Pistols.

Pasé diez días prácticamente encerrada en la habitación del hotel, leyendo y visionando. Salía solamente para airearme al atardecer, paseaba por el parque, o me tomaba una pinta. Una noche fui a un concierto, no era de música punk, pinchaba un dj de música electrónica del que había oído hablar maravillas, pero dio la casualidad de que el local estaba a un tiro de piedra del Calling Londres. Así que de vuelta, me pasé por allí. Derek no estaba, ni tampoco Johnny Caraculo al que suponía tostándose al sol de Málaga mientras yo veía caer la eterna llovizna sobre las calles de Londres. Aquella noche había un concurso de imitadores de Sid Vicious. No me lo podía creer. Harta de la cerveza británica, pedí un ron con cola. El camarero me miró como si le estuvieran pidiendo una copa de amoniaco. Por lo visto, los aguerridos punkies del siglo XXI no tienen costumbre de apartarse de la sagrada senda cervecera. En el escenario, un chico esquelético, con el pelo de punta y el torso desnudo se movía como si se estuviera electrocutando. El público rugía, unos jaleaban al muchacho, mientras que un amplio sector la emprendían a cáscaras de cacahuete contra el pobre imitador. Me tomaría el mediocre cubata lo más rápido posible, y me marcharía a seguir con mis sesiones de lectura. Al muchacho esquelético le siguió otro, algo más agraciado y que parecía haber estudiado a fondo los gestos y la forma de moverse de Vicious. Lo hacía realmente bien. En su caso, las cáscaras se quedaron reposando en el cenicero o en el suelo del local. Vi dos imitaciones más, terminé la bebida y me levanté.

- ¿Tú eres la que va a escribir sobre Nancy?

Me volví.

Un tipo de metro noventa y cinco, rapado al uno, con penetrantes ojillos azules y tez típicamente británica me miraba con una expresión inescrutable que me recordó a las películas de Jason Bourne.

- Sí.

- Derek me lo contó ¿Podemos hablar? -hizo un gesto hacia la calle.

Bajo la luz de la farola pude verle bien. Era realmente enorme. Sus brazos parecían palas de excavadora. Calculé que no rebasaría los cuarenta.

- ¿No me digas que tú también eras amigo de Sid?

- Me llamo James. Mi amigo Graham y yo estamos intentando sacar adelante un museo del punk, aquí en Londres.

- Vaya, una gran iniciativa.

- Sí, es un proyecto que nos ilusiona mucho, pero lleva mucho esfuerzo y por el momento tenemos poco apoyo económico.

- Sí, suele pasar.

No tenía ni idea de a dónde pretendía llegar. Dejé que siguiera hablando.

- Creemos que tú podrías echarnos una mano.

- ¿Yo?

- En realidad, nos podríamos ayudar mutuamente.

- De verdad que no veo cómo.

- Estamos a la espera de confirmar una información importante sobre la muerte de Nancy. En cuanto la tengamos, contactaremos contigo. ¿Cómo puedo localizarte?

Le dije en que hotel me hospedaba.

Su aspecto imponente no ocultaba un rostro interesante, atractivo. Sonrió y la impresión positiva ganó enteros.

- ¿Lo estás pasando bien en Londres?
- He venido por trabajo. No he tenido mucho tiempo de hacer turismo, pero ya había estado antes varias veces.
- Bueno, si te apetece salir a dar una vuelta, llámame-. Escribió su número en un posavasos del pub y me lo tendió.

Lo vi marcharse calle abajo, con las manos en los bolsillos y paré a un taxi. Me recosté sobre el cómodo respaldo. Podría morirme en el interior de un taxi inglés. Son tan amplios y confortables. Un par de manzanas antes de llegar al hotel, me llegó un WhatsApp. Ojalá fuese un mensaje de buenas noches de Jon, aunque era poco probable. Era un audio de Edi: «Ari, llámame cuando puedas. Es importante». Lo llamé desde la habitación del hotel.

- ¿Qué ocurre?
- Es...verás...
- ¿Jon está bien?
- Sí, sí está bien.
- Dime qué ha pasado, Edi. Ahora mismo -exigí levantando la voz.
- No ha sido culpa mía. Tienes que creerme.
- ¿Qué coño ha pasado? ¿Me lo quieres decir de una vez? -chillé.
- Jon me ha cogido unas pastillas...
- ¿Qué pastillas?
- Bueno...ya sabes...
- No, no lo sé. ¿Qué clase de pastillas?
- Éxtasis.
- No me jodas. ¿Tomas éxtasis, Edi? ¿Qué tienes, dieciocho años, joder?
- Solo a veces, ya sabes...
- ¿Y Jon?
- Se encuentra bien, de verdad. Pero la chica con la que estaba... bueno... se ha desmayado. La hemos llevado a urgencias. Se pondrá bien. Está fuera de peligro. Mi abogado está hablando con ellos. Creo que podremos llegar a un acuerdo.
- ¿Te refieres a pagarles por cerrar el pico?
- Sí.
- Por Dios, Edi.
- ¿Qué quieres que haga?

- Se me ocurren tantas cosas que no sé por dónde empezar. Pásame a Jon. Quiero hablar con él.

- No es momento para broncas, Ari. Está asustado.

- Que me lo pases te digo.

Hablé con mi hijo. Le temblaba la voz. Habría querido estar a su lado, abrazarlo y hacerle entender lo imprudente de su comportamiento, y por supuesto, abofetear al inepto de Edi. Le prometí que tomaría un avión a primera hora de la mañana. Edi volvió a ponerse y me suplicó que no lo hiciera.

- Deja que yo lo arregle, Ari. Confía en mí. No me hagas quedar como un capullo incompetente delante del chaval.

- Es que eres un capullo incompetente.

- Por favor, quédate en Londres y acaba el trabajo.

Colgué con las lágrimas varadas en la garganta.

Nancy

El verano y la primavera pasaron volando entre conciertos, fiestas salvajes y drogas y llegó el otoño.

Un buen día, mamá me dijo que papá y ella tenían una idea que me iba a gustar. Les escuché bastante escéptica. Sus ideas hasta la fecha consistían en encerrarme, darme pastillas y llevarme a psiquiatras que no servían absolutamente para nada. Pero esta vez fue totalmente distinto. Su genial ocurrencia consistía en alquilarme un piso en Nueva York.

Siempre había soñado con vivir en Nueva York. Allí estaba todo, todo lo interesante, la música que sonaría en breve en todo el planeta, las drogas que todavía el resto del mundo no había descubierto, la ropa más transgresora, las tendencias innovadoras.

Nueva York era el centro del Universo y yo no podía perdérmelo de ningún modo, y menos viviendo a una hora de distancia. No me lo podía creer. Mis deseos se iban a hacer realidad. Por supuesto, no soy tan boba como para ignorar que su adorable plan enmascaraba la necesidad de librarse de mí, y eso me dolió, me dolió mucho, pero realmente era lo mejor para todos. Ellos no sabían cómo tratarme ni entendían mi mundo y a mí Philly se me quedaba pequeño y no digamos ya Huntingdon Valley con su asfixiante ambiente en el que yo no encajaba.

Nueva York era a la vez un sueño y una escapatoria digna para todos.

Nancy

Me mudé en diciembre. Hacía frío en Nueva York. Nevaba casi todo el tiempo. Encontré un piso perfecto en la calle 23, muy cerca del hotel Chelsea. Estaba recién pintado y el alquiler era razonable. Mis padres se harían cargo de la renta hasta que yo consiguiera un empleo. Mi idea era trabajar en la industria de la música y estaba decidida a conseguirlo y a vivir por mi cuenta. Tenía diecisiete años y me sentía preparada para sobrevivir por mí misma. Las primeras semanas me lo pasé genial, hasta que el dinero empezó a escasear. Cierto que mis padres se encargaban del alquiler y las facturas, sin embargo pronto me quedé sin dinero para drogas y apenas trabajaba unas horas sueltas en una tienda de segunda mano. Aquello no me daba para nada. Empecé a moverme por los clubs de moda de la ciudad, el Max's y el CBGB, pero nadie parecía reparar en mí, y si lo hacían era para ignorarme desdeñosamente. No me tenían en cuenta. Me veían como a una chiquilla de Philly.

Me negaba rotundamente a volver a casa. Eso sería reconocer mi fracaso y mi incapacidad para valerme por mí misma y por otra parte, estaba más que claro mi familia vivía mejor sin mí, no había que ser un lince para darse cuenta. Lo cierto era que no tenía a nadie más a quién recurrir. A menudo necesitaba dinero y también a alguien que me escuchara, una voz amiga a la que le importara lo que me sucediera. Mamá era la única con la que quería hablar y que se preocupaba por mí, seguramente porque sentía unos atroces remordimientos de conciencia por haberse quitado de encima a su hija mayor. La llamaba con bastante frecuencia y ella venía a traerme comida y cosas básicas para la supervivencia. Las dos sabíamos que no eran cereales y crema de cacahuete lo que me urgía; necesitaba dinero contante y sonante para costearme la droga. Sin amigos, ni droga, ni dinero, en Nueva York valías menos que una caca de perro. Mi experiencia en el mundillo musical de Philly me enseñó muchas cosas, entre ellas, que las drogas son la llave mágica que abre las puertas del reino. No hay estrella del rock que se resista a una buena dosis de lo que sea. Y ese sería mi camino para entrar en el mundillo. El problema, como siempre, era conseguir pasta.

Vendí el televisor que me regalaron mis padres y mamá se puso hecha una fiera. Tampoco era para tanto, al fin y al cabo no daban nada interesante en la tele.

El dinero que saqué con la venta desapareció en muy pocos días. Empezaba a estar desesperada.

Ariadna

No dormí en toda la noche, dándole vueltas a la situación de Jon. A mi regreso, tendría una conversación con mi hijo, naturalmente, y otra con Edi. ¿Cómo hacerle entender a Jon que los actos tienen consecuencias si su padre decidía resolverlo todo a golpe de talonario? ¿Cómo maduraría y afrontaría sus errores? Nuestros apuros me llevaron de nuevo a Nancy. Me entró pánico al pensar que mi hijo pudiera acabar siendo un yonqui, muerto de sobredosis a los veintiún años, como Sid Vicious. Me di una ducha y me preparé un té en el hervidor de la habitación. Una llamada desde recepción me informó de que James estaba en el vestíbulo esperándome.

- ¿Tomamos un té?
- Acabo de tomar uno.
- Pues te tomas otro. Esto es el Reino Unido. Nos pasamos el día tomando té -sonrió con timidez.
- Está bien.

Nos acomodamos en la cafetería del hotel, con una decoración tan recargada que me costaba respirar. James tuvo dificultades para colocar sus larguísimas piernas en un ángulo adecuado.

- Tú dirás.
- Estamos ante algo que puede ser muy gordo, aunque también puede ser un bluf. El tema de la muerte de Nancy da para toda clase de disparates, no te lo puedes ni imaginar, pero esto parece diferente.
- ¿A qué te refieres con «esto»?
- Todavía no puedo decirte nada. Lo siento, no es que pretenda hacerme el misterioso.
- Sí, ya me comentaste no sé qué de una confirmación.
- Eso es. Estamos pendientes.
- ¿Y entonces a qué has venido?
- A pedirte que no abandones Londres hasta que nos veamos con Graham.
- No te lo puedo garantizar. Tengo asuntos familiares que resolver en Barcelona.
- Dos días, concédenos dos días. Merecerá la pena. Te lo aseguro. Y ya que estamos, ¿te apetece dar un paseo en barco por el Támesis?

Nancy

Nueva York es una ciudad despiadada. Muchas veces sentía la tentación de volver a casa y disfrutar de las comodidades y la nevera llena, pero luego se me pasaba. Mi vida estaba allí y tenía que salir adelante, como fuese.

Lentamente, las cosas comenzaban a marchar más o menos bien.

Cumplí mi objetivo, fui introduciéndome en el ambiente del rock. El punk estaba naciendo con fuerza en los clubs de Nueva York. Sería la próxima revolución social y musical, y sucedería muy pronto, si no estaba sucediendo ya, a finales de 1975, aunque los pioneros como Question Mark and the Mysterians empezaron mucho antes. El punk era un movimiento subversivo, que se fraguaba en las sombras. Tardaría muy poco en explosionar y revolucionar la música y la forma de ver la música de los jóvenes americanos, y yo estaría allí, en primera fila justo en el momento en el que la bomba detonase.

Estábamos más que hartos de música que no calaba, que no hablaba de problemas reales, de música domesticada, de rock sinfónico. Nos urgían bandas que pusieran letra y acordes a nuestra rabia, que dieran voz a los inadaptados, a los que arrastraban sus muñones por las calles fruto de una guerra que nadie quiso. Música que cambiara las cosas, que tuvieran el valor de escupir a la cara a una sociedad podrida, sin futuro.

Los tiempos de esperanza hippie habían quedado en nada. El verano del amor, las flores en la cabeza, los vaqueros de pata ancha y las canciones de los Eagles. Todo aquello me llenó de cría, cuando para sorpresa de mis padres, gritaba «no a la guerra» con una pancarta, dando vueltas por el barrio. Los gritos ahora morían ahogados en impotencia y el rock adocenado al que no le interesaba reflejar esa realidad.

El punk lo hizo, y dio voz a los desamparados.

◆━━◆━━◆

Nancy

Debbie Harry era maravillosa, guapísima, lista y cantaba fenomenal. Era literalmente adorable. Todo el mundo se moría por ser su amiga. Era muy amable conmigo, como una hermana mayor cariñosa, me apadrinó o algo así. Nadie me hacía caso cuando me dejaba caer por el Max's, el CBGB o el Ocean Club, me miraban por encima del hombro, como a un bicho, no me incluían en las conversaciones, y en ocasiones se reían abiertamente de mí llamándome vaca burra o cosas así. Debbie fue una de las primeras personas que se dignó a charlar conmigo, y hasta me invitó a una copa. «No les hagas caso, nena. Tú eres brillante, Nancy». Eso me dijo Debbie y me presentó a algunas personas. Me subieron la moral, la verdad, esos piropos viniendo de una estrella como ella, hizo que me sintiera bien, aceptada. Lástima que eso no servía para pagar facturas. Otra enseñanza valiosa que saqué de mi etapa de *groupie* en Philly fue la constatación de que el sexo se me daba de maravilla, algo que ya sabía desde Lakside, claro que no es para nada lo mismo, tener rollos con chicos de mi misma edad en las literas del centro, que complacer a estrellas del rock habituados a tener en su cama a las mujeres más deslumbrantes.

Era otra liga, otro nivel y yo estaba a la altura. Me convertí en una artista del sexo, en dar placer. Las felaciones eran mi especialidad, aunque no el único de mis talentos sexuales, ni mucho menos.

Había llegado el momento de usar esos talentos, y sobre todo, de rentabilizarlos al máximo, hacer de ellos mi modo de ganarme la vida.

Encontré trabajo en un club de striptease. Se suponía que no debería bailar en uno de esos antros siendo menor, pero a nadie pareció importarle lo más mínimo, y a mí menos que a nadie. Era un modo de ganar dinero sin complicaciones. Me gustaba bailar. Se me daba de fábula y a los tíos les chiflaba mi forma de moverme. Me sentía poderosa y deseada. El sexo, no siempre era todo lo agradable que cabría desear, pero tampoco era nada personal, solamente trabajo, un modo perfecto de conseguir dinero y perfeccionar mis técnicas amatorias.

Philippe Marcade también me ayudó a integrarme en Nueva York. Fue un buen amigo. Lo conocí una noche, camino a casa. Llevaba en el bolsillo 10 pavos de heroína que no me atrevía a pincharme.

Había coqueteado con la heroína, pero nunca inyectada. Philippe era un tipo muy guapo y sofisticado. Fue la primera persona que me inyectó heroína. Me enseñó cómo hacerlo con mucha paciencia y nos hicimos amigos.

Nunca se olvida, el primer chute ni el primer polvo.

También solía verme con Eliott Kid. Me gustaba su voz ronca. Nos acostábamos a veces y solíamos pillar juntos. No era buena idea aventurarse a por caballo en ciertas zonas de Nueva York. Yo no tenía miedo de nada ni nadie y muchas veces iba a donde hiciera falta, pero si podía conseguir que Eliott viniera, mejor que mejor.

◆———◆———◆

Ariadna

Llamé a James por la tarde y no respondió a mis llamadas. Por la noche, mientras cenaba en un hindú de Notting Hill, sonó el teléfono.

Era él.

- Sabemos quién asesinó a Nancy Spungen.

- ¿Quién?

Se echó a reír. Su risa tenía un sonido metálico. Durante el paseo en barco lo pasamos muy bien. Resultó tener buena conversación y ese humor típicamente inglés, muy irónico y afilado. Se dedicaba a algo relacionado con la ingeniería industrial. Lo del punk lo hacía por diversión, y sobre todo por su amigo Graham. Las muchas copas de después derivaron en un magreo ansioso en el asiento trasero de un taxi. La cosa podía haber ido fácilmente a más, de hecho era lo que me pedía el cuerpo, y el suyo, obviamente. Tomé aire, y pulsé la pausa. No estaba en Londres para revolcarme con desconocidos y menos con la que estaba cayendo en casa.

- Mañana a las diez y media te espero en el metro de Candem.

- Desde luego, te va el rollo misterioso.

Volvió a reír.

- Lo pasé muy bien ayer, Ariadna.

- Yo también -reconocí.

- Habrá que repetir.

- ¿Otro paseo en barco? No me digas que tienes acciones de una compañía naviera.

- No me refería a esa parte -dijo entre risas.

Me acosté fantaseando con repetir y llegar mucho más lejos con James. ¿Por qué no?

Nancy

El ambiente punk de Nueva York se centraba básicamente en el Bowery, el CBGB y el Max's, el Mother's y otros garitos cercanos. Toda la zona estaba llena de bares de striptease, clubs nocturnos, yonquis y sin techo. Esa parte de la ciudad era nuestra, de los desarraigados, de los punkies. Porque el punk iba de eso, de gritarle al mundo que todo nos importaba una mierda, que no teníamos miedo porque no teníamos futuro ni nos quedaba nada que perder.

Por fin conocí a Sable Starr después de verla en innumerables fotos tan sexy y espléndida, con Iggy, con David Bowie, con Johnny Thunders.

Sable era una diosa, y como yo, se sentía fuera de lugar en el ambiente punk de Nueva York.

Ella vino de LA donde era la reina de las *baby groupies*. Iggy Pop se acostó con ella cuando tenía trece años y lo contó en una canción. Todas las bandas que tocaban en la ciudad, querían conocer Hollywood y a Sable Starr. Era parte del interés turístico de la ciudad, visitar las colinas de Beverly Hills, y pasar por la cama de Sable. A los dieciséis llevaba a sus espaldas toda una vida de lujo, estrellas del rock entre sus piernas, suites de hotel y las palizas de Johnny Thunders.

Congeniamos rápidamente, Sable y yo, pese a que hubo quién trató de enfrentarnos. Lo cierto es que teníamos bastantes cosas en común. Las dos éramos de buena familia, aunque sus padres eran más ricos que los míos, y como ellos, tampoco se preocuparon de Sable como debían. No supieron protegerla ni comprenderla. Igual que a mí, se la quitaron de encima, y la dejaron en manos de Iggy y los Stooges primero, y de Johnny y Richard Hell después. Las *groupies* de Nueva York nos tenían envidia y nos hacían el vacío, a ella porque era una estrella y el resto de pringadas no estaban ni mucho menos a su altura y a mí porque era la nueva y decía las verdades a la cara. No me importaba admitir que me acostaba con los clientes del bar de striptease, si se terciaba. No pretendía ser otra cosa distinta de lo que era.

Sobrevivía en Nueva York, ni más ni menos.

Ellas eran una pandilla de estiradas que pretendía parecer santas. Tarde o temprano se enterarían de quién era Nancy Spungen.

Las muy cabronas, recordarían mi nombre.

Sable me sugirió que me tiñese el pelo de rubio y le hice caso.

- Ahora parecemos hermanas, Nancy -me abrazó.
Los tíos se pirran por las rubias.
Todo el mundo sabe eso.

Nancy

Un sábado, Johnny Thunders apareció por el CBGB y armó un buen espectáculo. Seguía empeñado en que Sable volviera con él. Intenté mediar y hacerle entrar en razón. Las escenas de Johnny eran el pan nuestro de cada día, su sangre italiana lo traicionaba y perdía la cabeza. A mí no me daba miedo, ni él ni nadie y no iba a permitir que pegara a Sable.

- Métete en tus putos asuntos, zorra -me chilló soltando espumarajos por la boca. Era pequeño, pero la mala saña lo hacía peligroso.

Sable estaba asustada. Johnny le propinaba palizas muy salvajes. Quería tenerla atada a la pata de la cama y observarla como el que goza de su trofeo privado. Sable era una criatura magnífica, creada para ser vista, para disfrutar de la vida y hacer disfrutar a los demás. En cuanto salía a la calle, Johnny sufría uno de sus ataques de celos y la perseguía y la avergonzaba. La impotencia de Johnny tampoco ayudaba en nada. La culpa no era de Sable, naturalmente, las drogas lo habían dejado inservible y eso acrecentaba su inseguridad y sus ataques de ira. Sable se mudó a Nueva York con él. Las cosas parecían ir bastante bien, hasta que Johnny volvió a las andadas y ella empezó a sentirse prisionera en una ciudad desconocida.

- Cuando está bien es muy dulce, Nancy, de veras. Un chico encantador, muy romántico -rompió a llorar- pero cada vez es peor, más violento. Tengo miedo de que me mate.

- Puedes estar con quién quieras, Sable.

- El problema es que quiero estar con él, pero no así. Estoy asustada.

- ¿Vas a volver a casa, a LA?

- No lo sé, Nancy -se secó las lágrimas-. Me siento vieja y muy cansada.

- Cómo vas a ser vieja. Si tienes dieciocho años.

- ¿Y qué? Es como si tuviera sesenta. He vivido demasiado. Solo quiero descansar.

- Si necesitas algo, un sitio donde dormir, lo que sea. Cuenta conmigo, ¿vale?

- Gracias, Nancy. Gracias. -Me abrazó de nuevo, durante mucho rato.

Procuraba que mi casa estuviera abierta para todo el mundo. Por allí había gente que lo pasaba muy mal, que estaban muy jodidos. Y yo sabía lo que se siente. Lo sabía mejor que nadie y sabía lo mucho que en esos momentos se agradece que alguien te ofrezca una cama, un abrazo, un plato de comida o una sonrisa.

Ariadna

Tardé seis años en sacarme la carrera de periodismo, y todavía hoy no sé cómo aprobé ni una sola asignatura. Ser la novia, y posteriormente la esposa, del cantante de un grupo popular es a la vez divertido, agobiante y por encima de todo, a cierta edad, significa vivir a lomos de una montaña rusa en la que no existe el aburrimiento, ni tampoco la estabilidad. Al menos, esa es mi experiencia. Edi llamaba al timbre de casa y decía «Baja, Ari. Tenemos que hablar» y yo bajaba volando.

- Nos vamos de gira a México, ¿te vienes?

¡México! Nadie en su sano juicio diría que no a una gira por México con poco más de veinte años.

Mis padres conocían a Edi y a su familia desde siempre, y veían todo aquello de la música con el escepticismo de los que están habituados a ganarse las habichuelas con trabajo duro y pocas licencias. Le tenían cariño y sabían que nos queríamos mucho, lo que no era impedimento para que se los llevaran los demonios al anuncio de una nueva gira por tierras americanas o la grabación de un videoclip en Miami o la mezcla de un disco en Los Ángeles.

- Los estudios, Ariadna -repetía mi padre, tan parco como certero. No los dejes de lado. Mi madre, como en una coreografía perfectamente estudiada, entraba en escena.

- ¿Quieres depender de un hombre toda tu vida? ¿Para eso te estamos dando estudios, niña? ¿Para que gires alrededor de Edi como una peonza?

Yo escuchaba y procesaba sus consejos, y acto seguido preparaba la maleta. Pasaba fuera dos, tres meses, a veces menos, unas semanas, tiempo en el que me perdía exámenes, trabajos y clases. Visité Argentina, Uruguay, Chile, Perú, Paraguay, México, Inglaterra, Alemania, Holanda, etc., mientras mis amigas se las veían en empleos precarios o alternaban la facultad con trabajos de fines de semana. Era la afortunada, la chica a la que le escribían canciones.

La abeja reina de la pandilla.

- Ya recuperarás el tiempo -me animaba Edi.- La facultad seguirá estando ahí a la vuelta

Por supuesto, el tiempo no se recupera. Aun no lo sabíamos, éramos demasiado jóvenes y vivíamos en una nube de felicidad que creíamos infalible y eterna.

Nancy

NUEVA YORK, 1976

¡Conocí a tanta gente fabulosa!, aunque es cierto que no todos me trataron bien. No obstante, valió la pena. Me presentaron a Dee Dee Ramone y su novia Connie. Eran raros y divertidos. Sobre todo él. Era un genio. Componía canciones fantásticas, así sin más. Mientras los demás nos colocamos, él, más ciego que nadie, era capaz, de sacarse de la manga las letras de una canción y fijar en su cabeza los acordes.

- Debbie, Nancy, ¿qué os parece?

- Nos parece la hostia, Dee Dee -dije entusiasmada- eres un puto genio.

Dee Dee sonrió.

- ¿Os habéis metido toda la mierda cabronas? -se abalanzó sobre nosotras, riendo.

Ese era Dee Dee, el tipo más entrañable, loco y genial que ha pisado la tierra. El auténtico alma de The Ramones.

El rock no sería el mismo sin las canciones de Dee Dee.

Connie estaba bastante loca. Siempre llevaba cuchillos a todas partes. Su ex novio, el bueno de Arthur Kane, huyó a Miami totalmente aterrizado por ella. A veces, lo llamábamos y hablábamos con él por turnos, Eileen Polk, Legs McNeil y algunos otros. Si mencionábamos a Connie, colgaba.

Connie siempre tenía drogas, de todas las clases y eso a Dee Dee le encantaba. Se prostituía para conseguirlas. Era muy celosa, y no se cortaba un pelo, si veía a Dee Dee con otra, corría con uno de sus cuchillos, detrás de Dee Dee o de ella, o de los dos.

Una noche le propinó una paliza a Eilen Polk, la dejó para el arrastre.

Tenía un genio vivo y se le cruzaban los cables con facilidad.

La gente murmuraba sus espaldas, a la cara nadie se atrevía a decirle nada. Comentaban que estaba completamente chalada, que era posesiva y agresiva, y todo esto no evitaba, que a su modo, Dee Dee la quisiera.

Ariadna

LONDRES, 2018

Mientras llegaba el momento de verme con James, me lancé a contactar con personas que hubieran conocido a Nancy, en especial en su época previa a Londres. Di con algunos supervivientes de la época, lo que no allanó en absoluto mi investigación. Varios de ellos se negaron a hablar conmigo, pretextando que ya lo habían hecho con anterioridad, muchos otros pretendían cobrar por sus recuerdos y algunos, la mayoría, ni siquiera me contestaron los emails.

Me centré en seguir leyendo y escuchando. El material era infinito.

En casa, las cosas seguían estancadas. El abogado de Edi iba y venía de una reunión a otra con la familia de la chica. Los padres de Ingrid prohibieron a Jon que la visitara en el hospital, hablaron inclusive de solicitar una orden de alejamiento, una opción que francamente me pareció excesiva y fuera de lugar. Edi, por su parte, me enviaba WhatsApp con fotos de los conciertos, incluidas algunas con su nueva novia, una veinteañera y bella *influencer*.

Y en Londres no paraba de llover.

Nancy

Estuve charlando con Sable una noche, después de bailar en el club. Cenamos unas hamburguesas y luego nos pasamos por el Max's, aun era pronto y estaba más bien vacío. Tomamos la decisión de bailar juntas, hacer algunos números, estábamos seguras que sacar un buen dinero. Sable y yo compartiendo escenario seríamos dinamita pura.

A Sable le gustaba Richard Hell, de Television. Un buen tipo, cabal y amable. A mí también me gustaba Richard. Sable, tenía claro que Johnny no entendería que todo había acabado entre ellos hasta que la viera saliendo con otro hombre, y además, Thunders sentía un enorme respeto por Richard. Tocaron juntos un tiempo en The Heartbreakers, hasta que dejó la banda y formó otro gurpo. De hecho, me parece que los presentó él. Dijo que si las cosas con Richard no marchaban, estaba dispuesta a volver a LA y «ser normal».

- ¿Lo dices en serio?

- Ya te lo dije, estoy cansada, tía. Muy cansada. No puede ser tan malo llevar una vida normal, tener hijos.

- ¿Por qué ser normal cuando puedes ser distinta, Sable?

- Porque estoy harta de ser distinta.

Mamá vino a verme esa semana. Comimos con Sable y Richard. Fue muy agradable. Comprobó por sí misma que tenía amigos, gente que me apreciaba y se preocupaba por mí.

- Somos como una familia, mamá. Cuidamos los unos de los otros, ¿verdad, chicos?

Richard asintió y Sable me tomó del hombro sonriendo. Cuando ya se había ido mamá, se pasó Legs McNeil, de la revista *Punk Magazine*. A veces venía a ducharse o a desayunar.

Le gustaban mis huevos revueltos.

- Nancy, haces unos huevos revueltos de puta madre -solía decir.

Nancy

Dee Dee y yo pasábamos mucho tiempo juntos por aquel entonces. Nos entendíamos bien. Dee Dee nunca decía que no a un chute ni a un polvo. Ni yo tampoco. Nos gustaban la misma música y veíamos la vida de una manera parecida.

Cierta noche sucedió algo terrible, patético y escalofriante a la vez. Y también divertido, si se tratara de una escena de una película, claro, y no me hubiera sucedido a mí.

Estábamos en mi casa Debbie, Legs y no sé quién más, quizás vino Ayna Philips, no estoy muy segura. La gente traía drogas, se las terminaba, iban a por más, aparecía alguien con pizza, luego unos iban a un concierto en el CBGB y otros venían.

Dee Dee y yo teníamos ganas de sexo y nos fuimos a mi dormitorio. Se escuchaba la música afuera. Alguien ponía mis discos, sonaban los New York Dolls.

De pronto, se abrió la puerta violentamente. Dee Dee y yo nos sobresaltamos. Yo la vi primero, él estaba encima mío, de espaldas a la puerta, penetrándome.

Los ojos de Connie se salían de las órbitas. Daba auténtico miedo.

- ¡Cabronazo, te voy a matar!

Dee Dee intentó saltar de la cama, ella se movió más deprisa, agarró una botella de cerveza que había en la mesilla, la rompió y apuñaló a Dee Dee en el trasero con la parte irregular de la botella.

El grito de Dee Dee alertó a los demás. Lo oyeron hasta en Nueva Jersey. Mi dormitorio se llenó de gente. Una situación surrealista de verdad: Dee Dee sangraba, aullaba de dolor y soltaba juramentos y seguían sonando los New York Dolls.

Nancy

Las marcas empezaron a ser un problema, un problema muy gordo. Sobre todo para bailar. El trabajo me gustaba, estaba bien pagado. Ganaba más o menos trescientos dólares, lo que no estaba nada mal. Me daba para pagar las facturas, el alquiler del piso, y comprar caballo. Ver a esos tíos babeando por mí me hacía sentir bien, importante. Llegó un punto en que las marcas de agujas eran demasiado visibles y hubo quejas de los clientes. A nadie le apetece ver bailar a una chica llena de marcas, y mucho menos pagar por follar con ella. Una noche no me permitieron bailar. Me advirtieron que o volvía limpia, o me quedaba sin trabajo. Las primeras noches sin trabajar, merodeé por los alrededores del club, ofreciéndome a los clientes a precios muy rebajados. Hice algunos trabajitos discretos y me saqué unos dólares, hasta que se corrió la voz y me descubrieron. Me alejaron de allí a patadas, con amenazas de algo mucho peor si insistía en socavarles el negocio. Los días siguientes fueron infernales. Estaba con el mono y sin dinero y decidí que debía dejarlo de verdad.

Iba a internarlo con todas mis fuerzas.

◆━━◆━━◆

Ariadna

Decidí que no quería esperar a mañana para ver a James, que ya era hora de soltarme el pelo y disfrutar un poco. Aunque no quisiera admitirlo, ver a Edi con su nueva y joven novia me destrozaba, y estaba harta de seguir sufriendo por él. Tenía que soltar lastre de una vez por todas, dar carpetazo al pasado y mirar al futuro.

Y James era una manera estupenda de empezar.

- Tu marido es el cantante de Los Tulipanes, no me habías dicho nada.

Miré a James atónita y por un momento pensé en largarme del bar en el que habíamos quedado, muy cerca de Kings Road, donde estuvo Sex, la mítica tienda de ropa de Vivienne Westwood, la esposa de Malcolm McLaren, el manager de los Sex Pistols.

- ¿Te gustan Los Tulipanes?

- No te sorprendas tanto -sonrió-. Tuve una novia española. Incluso fuimos a un concierto en Mallorca. Me sé varias de sus canciones.

- Qué bien. Edi es mi ex marido, por cierto, no mi marido.

- Ah.

- ¿Tú eres la Ari de la canción?

- Me temo que sí.

- Vaya, qué casualidad. Tiene que ser curioso que escriban sobre ti.

- Al principio mola mucho, luego te acostumbras, como a todo, y veinte años después estás hasta el gorro de que todo el mundo se sepa el estribillo con tu nombre.

Pedí un gintonic. Ya no estaba tan segura de querer acostarme con James. A fin de cuentas, jamás me libraría de Edi, ni de mi pasado.

Nancy

Cada día, a las ocho de la mañana, me presentaba en el ambulatorio de Greenwich Village a por mi dosis de metadona. La metadona me ayudaba a tener una imagen presentable, dejar de lado la angustia asfixiante de buscar más heroína y más dinero para meterme. Aquel mes de mayo de 1976 fue tranquilo y apacible. Nueva York se desperezaba del severo y frío invierno y todo parecía renovarse, incluso yo. Mi familia al completo vino a verme y fuimos a comer todos juntos. Los pasamos bien. Mis marcas casi habían desaparecido y pronto podría volver a trabajar.

Estaba totalmente enamorada de Jerry Nolan, el batería de The Heartbreakers. Era guapísimo y parecía que le sobraba el mundo entero. A veces era amable, y otras fingía no verme o se burlaba abiertamente de mí. Mi amiga Philys insistía en que me olvidara de él. Jerry era inaccesible, chulo, guapo, maldito... y músico del mejor grupo del momento. Como era amigo íntimo de Johnny Thunders, a menudo hablaba de él con Sable. Por entonces ella ya no estaba con Johnny, vivía con Richard Hell, muy distinto a Thunders: pacífico, culto, melancólico.

- Olvídate de Jerry -me repetía Sable- Es de la clase de tíos que te hacen llorar, que te hacen polvo, aunque te quieran mucho, o precisamente porque te quieren mucho, a la hora de la verdad da lo mismo.

- Pero no sé si Jerry me quiere.

- Si no te quiere, Nancy, estás de suerte. Te hará daño, Nancy. Mucho daño.

Sable era un encanto y una buena amiga, pero no lo entendía. No entendía que el dolor estaba dentro de mí, que formaba parte de mi tejido cerebral y de mi piel, que nadie podría hacerme más daño del que yo sentía por dentro. Era algo que me acompañaba desde que tenía uso razón y que ni los loqueros ni las pastillas podrían solucionar. Lo que me atraía de Jerry era su oscuridad, sus aires de divo, su desdén por la vida.

No me importaba que me hiciera llorar.

Las lágrimas me recordaban que estaba viva.

Como los cortes en la piel.

Nancy

La ciudad era un hervidero de chaperos, yonquis, prostitutas y desarraigados de todas las clases. Parecía que toda la inmundicia social del país se concentrara en el Bovery. Muchos de mis amigos eran chaperos o lo habían sido. La calle 53 era el paraíso de la prostitución gay. Dee Dee Ramone, sin ir más lejos, ejerció la prostitución durante un tiempo. Quizás por eso, entendía mejor a las mujeres. No te juzgaba, nunca lo hacía y eso me gustaba de él. Pocas veces hablaba de su época en las calles, pero un día me contó algunas cosas. Estábamos en mi casa, desnudos y colocados, ya empezaba a hacer calor y en la calle sonaban sirenas.

- Sé cómo os sentís Connie o tú cuando tenéis que estar con tíos por dinero, y es una mierda, Nancy. Te sientes sucio.

Pensé en la canción que escribió sobre eso «53 & 3ard». Iba de un chico que se prostituye y no consigue que nadie se vaya con él, hasta que un día, un tipo pica y el chico lo mata con una cuchilla para demostrar que él no es gay. Le pregunté si la canción era autobiográfica.

- ¿Tú qué crees? -se encogió de hombros- yo solo sé escribir sobre cosas que me pasan o me han pasado.

A mí no me parecía que fuese para tanto. Solo era sexo. Sexo y dinero. Una transacción nada más. Se me daba bien dar placer y me pagaban por ello. Para Dee Dee había sido otra cosa. Era una mancha que llevaba en su interior,

No supe qué decirle y lo abracé hasta que nos quedamos dormidos.

Ariadna

LONDRES, 2018

La maternidad significó un vuelco en mi vida. Ya, ya sé que es una frase más manida que las canciones de Julio Iglesias, pero es cierto. Me quedé embarazada pocos meses antes de cumplir los veintitrés. Para mi madre era una edad muy razonable, ella me tuvo con veinticuatro. Para mí, era un drama. Edi se lo tomó con la alegría infantil con la que encaja todo. Se rió, me levantó en el aire y me dio dos vueltas y volvió besarme.

- Qué guay, Ari.

- ¿Guay? ¿Cómo que guay? Vamos a ser padres. No estamos preparados para eso. Yo tengo muchas cosas que hacer. Ni siquiera he acabado la carrera.

- Ya la acabarás, ¿qué prisa hay?

- Quiero ser periodista, no pasarme la vida detrás de ti, de gira en gira. Estoy muy orgullosa de ti, pero no puedo ser tu perrito faldero.

- No eres mi perrito faldero, pero qué cosas dices. Eres mi novia. ¿Quieres que nos casemos? ¿Es eso? Pues nos casamos y tenemos un peque o una peque, da igual. Y estudias a distancia, ¿eso puede hacerse, no? Lo podemos arreglar todo, Ari. No veo el problema.

Edi, el hombre que nunca ve problemas en ninguna parte, que piensa que todo se resolverá, que el sol brillará cada día y que todo fluirá natural y armónicamente. Lo peor de todo es que no se puede luchar contra un optimismo tan tenaz e infantil. Todo irá bien porque sí, porque yo lo digo y de ahí no sacas nada, bueno, sí una úlcera.

Edi me pidió matrimonio *a la americana*, como dijo madre con un mohín de disgusto, es decir durante el concierto que cerraba la gira, en la Monumental de Barcelona.

Yo estaba en primera fila, como siempre, con la panza de cinco meses apretada bajo una camiseta de Garbage. La gira había sido un éxito, pero estaba muy cansada. Llevábamos meses dando vueltas por todo el país, con algún descanso inapelable prescrito por el médico durante el cual Edi se dedicó a ligar con todo lo que se lo ponía a tiro, porque según me dijo «llevaba fatal mi ausencia».

En los bises, Edi aprovechó una de sus canciones más celebradas, «Loco por tu ombligo», para arrancarse con la petición. Naturalmente, yo no sabía nada. El numerito me pilló totalmente por sorpresa, y sí, pasé vergüenza, pero también he de reconocer que fue un momento emocionante y romántico.

- Esta canción es para Ari, mi novia, mi amiga, la persona más importante de mi vida. Me gustaría que subiera escenario. Ari, ¿puedes subir por favor? Un fuerte aplauso para mi chica, vamos, Barcelona, arriba.

Intenté negarme, pero los de seguridad me custodiaron hasta el acceso lateral del escenario. A mi paso, las chicas me miraban con envidia y los chicos, a pesar del embarazo, con admiración. Cuando veo el vídeo de aquel concierto, los recortes de prensa, casi no reconozco a esa chica bronceada, embarazada y sonriente. En el escenario, Edi me cogió la mano, sonriendo. Aparté unos instantes los ojos de él y miré al frente, a las veinte mil personas que abarrotaban la plaza de toros. Las luces, los mecheros en alto, el cielo estrellado de mi ciudad. Estar allí arriba era como coronar la cima del mundo. En ese momento, entendí la magia de subirse a un escenario, la descarga de adrenalina, la sensación poderosa de tener miles de personas entregadas a tus pies. Por primera vez, entendí a Edi, y también, que por mucho que me amara, yo nunca igualaría aquello, nunca podría luchar contra esa droga.

- Y esta es Ari, ¿preciosa, no os parece?

El público rugió. Hubo vítores, aplausos, algún «guapaaa» que me hizo sonrojarme hasta la raíz del cabello.

- Hoy cerramos gira aquí, en casa, en Barna, y me ha parecido el momento perfecto para presentaros a Ariadna y también... -En ese momento, sin soltarme la mano, Edi se arrodilló y el público estalló en un aplauso enardecido. Yo me solté la mano y me tapé la cara.

- ¿Qué haces? –susurré.

Edi volvió a tomarme la mano. Alguien de su equipo trajo una cajita y se la dio. Los flashes se dispararon. Pensé que iba a desmayarme.

- Ariadna -su voz sin música de fondo sonó más aguda de lo normal- ¿quieres casarte conmigo?

Abrió la caja. El anillo relució en la noche. El griterío se hizo ensordecedor, con el fondo de la batería, toda la Monumental coreaba «di que sí, di que sí».

Veía a todo el mundo y no veía a nadie. Busqué en primera fila a mi mejor amiga, madre soltera desde los dieciocho. Lloraba de emoción y al verla, yo también rompí a llorar, y entre lágrimas, dije que sí. Edi se puso en pie y nos besamos. La Monumental casi se viene abajo.

- Soy el tío más afortunado del mundo -dijo antes de dar por concluida la gira más exitosa del grupo.

El nacimiento de Jon lo cambió todo de forma radical, la abeja reina se transformó en una hormiguilla hacendosa. Se acabaron los viajes, la vida loca, las fiestas hasta la madrugada. Jon fue un regalo y una sacudida del nivel de un terremoto. La vida de Edi no acusó grandes cambios, él seguía yendo y viniendo, colgando discos de oro en la pared y concediendo entrevistas, la única diferencia era que yo ya no estaba allí, debía conformarme con vivirlo en la distancia.

- Deja al niño con tus padres. -Fue su gran sugerencia.

Una solución que yo no contemplé. Aquella cosa minúscula con una mata oscura que le cubría toda la cabeza me necesitaba y dependía de mí. Debía amamantarlo, guiarlo en sus primeros pasos por el mundo. Edi no lo entendió, era un niño acostumbrado a ser el centro de atención, el sol alrededor del que gravitaba mi vida, y de pronto, prefería quedarme en casa y cambiar pañales. Jon se despertaba cada hora y media. Era un milagro la noche que conseguía dormir tres horas seguidas y el cansancio me pasaba factura; estaba agotada, irritable y ojerosa, esforzándome por compaginar las clases con la crianza de Jon y sobrellevar lo mejor posible las ausencias cada vez más prolongadas de mi marido. Discutíamos por teléfono día sí, día también, y las pocas semanas que él pasaba en casa, desparecía en «ensayos» eternos o noches de fiesta que acababan a la hora del aperitivo. Las cosas empezaron a ir de mal en peor, las discusiones se volvieron agrias y los reproches frecuentes. Nuestra vida juntos ya no era divertida ni distinta, él se sentía enjaulado y yo era infeliz.

Una tarde me presenté por sorpresa en el local de ensayo, y lo sorprendí practicando el kamasutra con una chica a la que no había visto jamás, y que al parecer había acudido a entrevistarle para una emisora de radio.

Jon acababa de cumplir dos años.

El resto de nuestra vida matrimonial fue un ni contigo ni sin ti, un rosario de rupturas y reconciliaciones.

No me arrepiento de haberme casado con él, a pesar de todo. Necesitamos que haya ídolos como Edi, gente nacida para brillar, aunque como esposos y padres sean absolutamente ineptos.

Tienen que existir los seres especiales, que inspiran a otros.

Como Edi.

Y como Sid.

Nancy

No teníamos consciencia de lo que estaba pasando en Londres, del punk rabioso y callejero que allí se estaba cociendo. Era como un virus que se desarrolla en dos ciudades lejanas, con particularidades propias, sin que nadie acierte a conectar las situaciones. Quizás uno de los primeros en descubrir el filón fue Malcom. Yo no llegué a conocerlo cuando estuvo en Nueva York, aunque me hablaron de él. Creo que fue Debbie quién me habló de los diseños de ropa de su mujer, y luego, claro, supe lo del famoso show de los New York Dolls actuando con la bandera comunista, sin embargo no llegamos a coincidir con él o al menos no lo recuerdo, y a un tipo tan cretino como Malcolm, es difícil no recordarlo.

No obstante, hay que reconocerle el mérito. Malcolm supo ver lo que a otros se les escapaba, estableció la conexión y tendió puentes. Hermanó el punk neoyorkino y el londinense, y ese hecho, cambiaría el curso de la historia del rock.

Nancy

Estuve tomando metadona unas cuatro o cinco semanas, puede que más. Me encontraba mejor, tenía un aspecto más saludable y podía volver a trabajar, y no solamente bailando y follando con clientes. Ese verano, empecé a trabajar como dominatrix en un piso de Greenwich Village. Era duro salir por los clubs y no meterse. Todo el mundo estaba colocado, o se marchaba a pillar. Era raro sentirse fuera de juego. En aquellos días de estar limpia pasaba mucho tiempo con Arturo Vega. Él no se metía, al menos no heroína, y podíamos hablar tranquilamente. Llegaba al CBGB y los veía correr hacia el baño a todos, a Johnny Thunders, Jerry Nolan, Dee Dee, Eliot Kidd, o bien salían disparados contando billetes. A veces regresaban más tarde con esa paz del caballo grabada a fuego en la cara. Los conciertos nunca se sabía cómo podían acabar, ni siquiera si iban a comenzar. La mayoría de los músicos estaban colocados, o borrachos, o ambas cosas. Eileen Polk siempre andaba por allí, muchas veces con Dee Dee. Salieron un tiempo juntos, pero sobre todo eran amigos. También era muy amiga de Arturo. Tenía conversación y disfrutaba de verdad con la música. No todos los que se movían por el Bovery en aquellos tiempos apreciaban de verdad la música ni les importaba demasiado lo que estaba pasando, el estallido de rabia que significaba el punk. Algunos de ellos solamente querían estar en el sitio de moda, en el momento adecuado o conseguir drogas suficientes como para borrar su asquerosa vida.

Y luego estaban la pandilla de *groupies* odiosas que me vetaban. Se creían las diosas del lugar simplemente porque llevaban un tiempo merodeando por allí, saliendo con uno y otro, como si los músicos fuesen un bien exclusivamente suyo. Se comportaban como gatas celosas y no perdían ocasión de marcar territorio. Sable solía decir que en parte me despreciaban porque «tú eres una animal». Se refería a que yo no tenía miramientos, si se terciaba cepillarme a todos los miembros de una banda en una noche o un fin de semana, lo hacía, y eso no estaba bien visto.

Me moría porque alguien viese lo especial que era y supiera quererme como me merecía. Sable ya había saboreado el éxito y la fama, sabía lo que era estar en la cúspide del rock, ser la *baby groupie* más famosa, bella y deseada del planeta por las auténticas estrellas del rock, que Iggy y Bowie se pelearan por tenerla en su cama.

Cuando Iggy vino a la ciudad, Sable me lo presentó. Vimos un concierto de Patti Smith en el Ocean Club, un lugar que duró poco porque estaba muy lejos del ambiente, entre el Soho y el Lower Broadway, una zona en la que no había nada destacable ¡Fue increíble! Estaba en la cama con Iggy. No me lo podía creer. Un tío simpático, te reías mucho con él y se notaba que le tenía mucho cariño a Sable, la trataba con respeto. También estuvo Bowie, más distante pero amable. Bob Gruen, mi amigo fotógrafo, hizo unas fotos estupendas esa noche,

Aquel ambiente era duro y opresivo, y sin drogas, prácticamente insoportable. Pensaba a menudo en volver a Philadelphia, y llamaba a mamá hecha un mar de lágrimas. Casi siempre después de hablar con ella unos minutos, cambiaba de opinión.

Era como hablar con una marciana. No usábamos el mismo lenguaje ni vivíamos en el mismo universo.

Nueva York era mortal, pero al menos era verdadero. No podía soportar ni por un segundo la vida de hipocresía que llevaban mis padres en su claustrofóbica casa de dos plantas.

◆———◆

Nancy

No meterme heroína tenía una parte buena y otra mala. La buena era que las cicatrices de mis brazos desaparecían y los clientes volvían a mi cama y el trabajo de dominatrix me hacía sentir estupendamente.

La mala era que no tenía nada con lo que negociar, solamente mi cuerpo, y no siempre funcionaba. Algunos músicos solamente estaban interesados en las drogas, era la única manera de entrarles. Yo no encajaba en el perfil de las *groupies*, no era delgada ni alta, y eso me penalizaba, por eso en realidad yo nunca fui una de ellas. Me acosté con muchos músicos, fui amiga de varios de ellos, pero nunca me consideré una *groupie*.

Jerry siempre quería drogas, a todas horas. No le importaba nada más, salvo la música.

- Tráeme algo que meterme -exigía- y a lo mejor te dejaré que te quedes a dormir.

Como una boba, corría a pillar algo para él. Si no tenía dinero, hacía una mamada o lo que fuera a un tipo cualquiera y lo conseguía. Quería complacer a Jerry por encima de todo. No me importaba meterme en callejones oscuros y en edificios medio derruidos para conseguir droga. En más de una ocasión, regresé a su piso exhausta y asustada y él ya no estaba, alguien le había traído drogas y se había marchado, o estaba en la cama con otra, o no le daba la gana de abrirme la puerta. Cualquier cosa era posible. En cierta ocasión, llegué de madrugada, después de caminar durante horas y lograr hacerme con una heroína de buena calidad. Estaba contenta, casi eufórica, ni siquiera me había metido nada, ansiosa por compartir el momento con Jerry. La puerta de su casa estaba abierta, entraba y salía gente. Sentí una presión en el pecho. Llegaba tarde, estaba claro. Tardé una eternidad en atravesar la maraña de gente. Unos me saludaban, otros me preguntaban si tenía algo, otros tropezaban y derramaban sus bebidas. Jerry estaba con Johnny en una habitación. No había nadie más, como si la fiesta no fuese con ellos. Johnny estaba componiendo y Jerry fumaba en silencio.

- ¿Has conseguido algo, Nancy?

- Sí -dije- aquí tienes.

Se notaba que habían tomado algo, pero no tenían caballo. Johnny soltó la guitarra y me arrebató la papelina de las manos. La probó.

- Hostia, Jerry, está de puta madre.

Se pincharon y no me dejaron ni una pizca.

- Vete a por más -rió Jerry, y me empujó hacia la puerta.

Ariadna

La voz de Jon llegó apagada, como si toda la energía y el vigor de mi hijo se hubieran consumido de golpe. De nuevo, me asaltó la necesidad de estar allí, abrazándolo, de darle consuelo y ser ejemplo a seguir. Debería estar en Barcelona con mi familia en vez de perseguir fantasmas de punks drogadictos. Por mucho que yo investigara o escribiera, Nancy y Sid seguirían estando muertos y enterrados. Nada podría cambiar eso, pero sí estaba a tiempo de enderezar la vida de mi hijo, de aparecer justo en el desvío fatal y poner orden, evitar el desastre. Esa era mi misión como madre.

- ¿Cómo está la chica, hijo?
- Se llama Ingrid.
- Vale. ¿Cómo está Ingrid?
- Mal -le tembló la voz- no saben si se recuperará y sus padres no me dejan verla. Tuve que colarme en el hospital con su prima, para poder verla un momento.
- Oye, Jon, no compliques más las cosas, cariño. Si sus padres no quieren que veas a Ingrid, respeta su decisión, por favor.
- Pero mamá, necesito verla -otro quiebro seguido de un silencio largo- y si… y si… si… se… muere y no me puedo despedir. Eso no es lo que ella querría, estoy seguro.
- Tal vez tengas razón, no lo sé, Jon. Deja que hable con sus padres, ¿de acuerdo?
- Vale, mamá.
- Y ahora, por favor, cuéntame exactamente lo que sucedió.
- Salimos por ahí unos cuantos.
- ¿Por ahí por dónde es, Jon?
- Pues… fuimos a comer unas hamburguesas y luego dimos una vuelta y bebimos unos chupitos.
- ¿Cuántos chupitos?
- ¡No lo sé, mamá!
- ¿Cuántos, Jon? ¿Dos, cinco, diez, quince?
- Puede que cinco o seis.
- ¿Ingrid también?
- Sí, más o menos. O a lo mejor algo más. Estaba rallada.
- ¿Por qué? ¿Discutisteis?
- ¡No! ¿Por qué das por hecho que fue culpa mía?

- Haz el favor de no levantarme la voz, Jon. Cálmate. Solamente pretendo saber qué ocurrió. Necesito tener todos los datos, si no no podré ayudarte, ¿lo entiendes?

- Sí -musitó-. Ingrid, pilló a su madre con un tío.

- ¿Cómo dices?

- Pues eso, mamá, que hace unas semanas, antes de acabar las clases, una tarde Ingrid llegó a casa más pronto porque no se presentó el *profe* o algo así y pilló a su madre en plena faena con un tío en el sofá. Un amigo de sus padres, ¿sabes? Uno que va mucho por su casa con su mujer y un chaval alelado, un poco más pequeño que nosotros. Su madre le pidió a Ingrid que no le dijese nada a su padre, que había sido un error, bueno todo ese rollo. Ingrid quiere mucho a su padre, ¿sabes? Se llevan muy bien. Con su madre, no tanto, discuten a todas horas y no sabía qué hacer. Al final, se calló, pero anteayer volvió a verlos juntos, a su madre y a ese tío, digo.

- ¿Otra vez los pilló con las manos en la masa?

- No, los vio por la calle. Se despedían con un beso, un morreo quiero decir.

- Ya, ya te entiendo, Jon.

- Y se ralló mogollón. Estaba muy cabreada con su madre. Me dijo que cuando su padre volviera de viaje, se lo contaría todo.

- Muy bien, volvamos a los chupitos. Ingrid se tomó unos cuántos, ¿y luego qué pasó, Jon?

- Sergi tenía algo de hachís, poca cosa, un par de chinas y nos fuimos a fumar al parque. Se hizo tarde y nos volvió a entrar hambre, así que fuimos a casa de papá. Me dijo que si tenía hambre, que cogiera dinero del cajón de su mesilla y pidiera pizza o japo o lo que me apeteciera y que invitara a mis colegas.

- Fantástico. ¿Y tu padre dónde estaba?

- No sé. Había salido.

- ¿Y qué hora era, más o menos?

- Como la una o la una y media o algo más. Total, que como ya era tarde para pedir comida, comimos lo que había por allí y nos pusimos a tocar y a hacer el gilipollas con las guitarras de papá.

- Sabes que no debes tocar los instrumentos de tu padre sin su permiso, Jon. No son juguetes, son sus herramientas de trabajo. Ya lo hemos hablado otras veces.

- Sí, lo sé, estaba un poco pedo y quería impresionar a Ingrid. Le enseñé los discos de oro de papá.... lo siento.

- Ya, y bebisteis más.

- Sí, unas birras, y Sergi, Ingrid y Roc se hicieron unos cubatas. Querían fumar más y eché un vistazo al cajón de papá. Allí suele tener algo de maría casi siempre.

Resoplé profundamente.

- Mamá, no te enfades con él.

- Sigue hablando, Jon y no te preocupes por tu padre.

- No había maría, pero sí pastillas.

- Éxtasis.

- Sí.

- ¿Sabías que era?

- Me lo imaginé. Iban dentro de una bolsita de plástico pequeña. Si hubieran sido medicinas vendrían con caja.

- ¿Has tomado éxtasis antes?

- Una vez.

- Jon dime la verdad.

- Bueno, dos. De verdad. Dos veces antes... antes de la otra noche.

- ¿Se lo cogiste también a tu padre?

- No, no. Te lo juro, mamá.

-¿Quién te las dio?

- Me las dio Ingrid.

- ¿Estás seguro de eso?

- Claro. Muy seguro.

- ¿Y ella de dónde las sacó?

- Se las pasó el novio de su prima, trapichea un poco de todo en el insti.

- Vale, es suficiente por hoy. Descansa. Hablaré con sus padres, intentaré que te dejen verla, pero no te prometo nada.

- ¿Me van a meter en un cárcel de esas para jóvenes? He oído a papá hablar con el abogado. Han dicho que los padres de Ingrid me quieren denunciar o algo así -le falló la voz.

- No nos adelantemos a los acontecimientos, cariño. Mantengamos la calma. Puede que Ingrid sea una fiestera pero sus padres van a intentar cargarte el muerto a ti. Y tu padre se lo ha puesto en bandeja. Dirán que tú la has animado a consumir drogas.

- Eso no es verdad.

- Puede que no, pero sí es verdad que le diste éxtasis cuando ya había fumado hierba y bebido mucho y tienes que afrontar las consecuencias de tus actos. Jon.

- Pero, papá dice que a lo mejor podemos pactar.

- Las cosas no se solucionan pagando.

- ¿Y cómo se solucionan?

- Te lo he dicho, afrontando que los actos tienen consecuencias. Procura dormir, cariño. Te quiero.

- Y yo.

Colgué el teléfono con un nudo en la garganta. Mis advertencias a Edi, incuso amenazas, habían caído en saco roto. Mi ex marido no distinguía la barrera ineludible que separa la paternidad del colegueo, la responsabilidad de la imprudencia. Al parecer era incapaz de comprender que debía trazar una línea clara y definida entre su forma de vida y su obligación de educar a un hijo, y ahora todos íbamos a pagarlo muy caro, en especial Jon.

Nancy

Me sentía muy desgraciada. No era algo nuevo, claro, llevaba toda la vida sintiéndome fuera de lugar, incomprendida, marginada, pero ser una marginada entre los marginados ya era demasiado, el colmo de lo cutre.

Jerry no me quería. Cuando necesitaba drogas, recurría a mí y me hacía promesas y luego me dejaba tirada, se burlaba o me gritaba delante de los demás, dejándome en ridículo.

Deseaba morirme y acabar con todo, con el menosprecio y el dolor. Jamás encontraría a nadie que supiera ver en mi interior, que me quisiera con toda su alma.

Sentía tanto dolor, tanta rabia y tanta impotencia que no sabía qué hacer con él, cómo controlarlo, hacia dónde encauzarlo.

Chillé y lloré en mi piso de la calle 23, mientras escuchaba a Iggy cantar «no hay nada en mis sueños, tan solo algunos feos recuerdos». Cogí un cuchillo grande, de los de cocinar. El filo estaba frío y me gustaba su tacto. Hacía mucho calor. En Nueva York el verano era un infierno de gente desquiciada y solitaria. Las ventanas estaban abiertas. Alguien gritaba: «Te mataré, puta» y un haitiano cantaba medio borracho. De día, mi calle solía ser bastante tranquila, lo que mi madre llamaba «agradable», de noche se transformaba.

Las bestias emergían en la ciudad que nunca duerme.

Se acabó el disco y yo seguía acariciando la hoja helada del cuchillo. Acerqué el filo a mi brazo. El dolor físico me hacía soportar el dolor de dentro, el que me atenazaba, el que de verdad me despedazaba. La sangre manó de manera brutal. Me hice un corte demasiado grande y me entró pánico. Aunque el deseo de morir seguía latente dentro de mí, no era el momento. Tenía que demostrar que podía hacer algo grande. Me sentía mareada y débil, los ojos se me empañaron. Ya no tenía calor. Un frío poderoso se esparcía por todos los rincones de mi cuerpo. El corte era profundo y estaba muy cerca de la arteria. Tropecé con las sillas y la nevera y llegué al teléfono. Creía que iba a desangrarme. Mi ropa estaba manchada de sangre, el suelo estaba manchado de sangre. Pensé en llamar a mi madre, pero al final llamé a Philippe Marcade.

- Llamo para despedirme. Jerry no me quiere. Nadie me quiere. Estoy harta de vivir así. Gracias por haber sido mi amigo, Phil.

Llegué a tiempo de poner el brazo bajo el grifo y colocarme una tirita, luego me desmayé.

Unos golpes en la puerta me despertaron, ignoro cuánto tiempo pasó, si fueron diez minutos o una hora. Estaba desubicada, como al despertar de una larga siesta en una calurosa tarde de verano.

Los golpes en la puerta eran la banda sonora cotidiana de mi vida. Siempre había alguien golpeando mi puerta, de noche y de día. ¿Cuándo sería alguien que me quisiera de verdad?

No podía moverme. Las fuerzas me abandonaron.

- ¡Nancy! ¡Nancy! Soy yo, Phil. Abre, por favor. Si no me abres, llamaré a la policía.

Recordé la llamada, más bien el dolor del brazo me recordó lo sucedido. Intenté correr, pero me caía.

- Ya va -dije, pero creo que no me oyó porque siguió dando voces, cada vez más histérico y aporreando la puerta.

Abrí. Philip me miró sorprendido.

- Pero si estás bien.

Parecía enfadado.

- No, no estoy bien.

- ¡Pensaba que habías muerto! -me sacudió histérico. –Joder, me has dado un susto de muerte, Nancy. No vuelvas a hacer algo así, ¿me oyes?

- Me he hecho daño -señalé la tirita.

- ¿En serio?

- Sí.

- Seguro que sí.

Retiré la tirita y vio la profundidad del corte.

- Por el amor de Dios, Nancy. Podías haberte seccionado la arteria y ahora estarías muerta. No vuelvas a hacer eso. Prométemelo. ¿En qué diablos estás pensando, chiquilla?

- Te lo prometo, Phil.

- Vamos, me quedaré contigo -me abrazó. -No puedes seguir así, Nancy. No puedes.

Ya casi era de día y nos quedamos hablando en el sofá.

Nancy

Volví a lo de siempre aquel verano. Prefería sentirme parte del ambiente, de los grupos y la gente que pululaba por el Bowery y que frecuentaba el CBGB, que estar sola, al margen, en la otra orilla. No podía concebir la vida sin drogas, la noche sin drogas. La vida limpia era más confortable, pero también aburrida y solitaria. Iba con Dee Dee y Richard a pillar, era más seguro que ir sola. Los portorriqueños tenían buen material, el mejor. Casi eran unos críos, pero sabían lo que se hacían y conocían bien el negocio. Había otras opciones mucho más sórdidas y peligrosas. Podía ocurrir cualquier cosa, en cualquier lugar. Era la esencia de aquellos tiempos. La aventura, la incertidumbre, la sensación embriagadora de que cada noche, al cruzar el Bowery y empujar la puerta del CBGB, todo era posible, y yo quería estar allí, lo deseaba con toda mi alma. Era mi lugar, aunque no siempre acabara de encajar o fuese bien recibida por todos.

En cuanto volví a pincharme, Jerry y Johnny vinieron a preguntarme si tenía algo. Sabían de inmediato, solo con verme aparecer, que volvía a estar colgada, eran como aves de rapiña, sobre todo Jerry que se aprovechaba descaradamente de mis sentimientos hacia él. Johnny estaba loco, como casi todos, incluida yo.

Éramos una generación de perturbados dispuestos a arrasar con todo, y perder nuestras vidas en el empeño no nos parecía un precio demasiado alto.

Nancy

Siempre había conciertos en el CBGB, casi todas las noches. A veces, un mismo grupo tocaba varias noches seguidas, incluso varias semanas, o se iban alternando. Hilly estaba dispuesto a dar una oportunidad a cualquiera que tuviera algo que decir, la única condición era que tocaran en directo y que tuvieran temas propios. En realidad a él no le interesaba especialmente el punk ni el rock, era aficionado al country y el blues, pero entendió mejor que nadie lo que se estaba fraguando en aquella parte de Manhattan, y se erigió en el padre de todos los músicos y de todos los que andábamos por allí, perdidos y colocados, buscando un atajo a la muerte.

Vi tocar a The Ramones cuando ya eran un grupo importante, a Debbie con Blondie, a los Heartbreakers, y a muchos grupos talentosos que se quedaron en el camino, bien porque murieron de sobredosis, o en alguna pelea callejera, o porque no tuvieron fortuna o no se tomaron en serio la música, pero fue un placer verlos y escucharlos, estar en el meollo burbujeaste de actividad y talento.

El «Hazlo tú mismo», auténtico eslogan del punk junto al «No hay futuro», cobraba allí un nuevo sentido, no solamente se refería a la ropa y a la música, era una manera de encarar la vida.

◆——◆——◆

Ariadna

Me costó levantarme. Pasé una noche horrible, salpicada de pesadillas en las que veía a Jon muerto, con una aguja clavada en el brazo, luego, la imagen mutaba, y Jon se convertía en Sid Vicious. Estuve tentada de posponer mi cita con James, no estaba de buen humor, al final, un tremendo esfuerzo de voluntad me ayudó a abordar la mañana nubosa de Londres.

Iba justa de tiempo, tomé un taxi y por el camino revisé mi móvil. Tenía tres llamadas perdidas de Jon y dos de Edi. El corazón se desbocó en el pecho y un sudor gélido me encharcó la nuca. Con dedos temblorosos, llamé a mi hijo. Saltaba el contestador. Llamé a mi ex marido.

- Hola, Ari.

Sonaba tenso, sin su habitual ribete jovial y despreocupado y supe de inmediato que algo iba muy mal.

- ¿Qué pasa?

- Ingrid ha empeorado. Está en coma inducido.

Esperaba si cabe una noticia peor, más irreversible.

- ¿Cómo está Jon? Me ha llamado, pero ahora no consigo hablar con él.

- Está muy afectado. Le han dado un calmante. Está durmiendo.

- ¿Le han dado? ¿Quién?

- El médico, se lo ha recetado el médico. Te lo juro. Ha tenido un ataque de pánico.

- Cuando despierte, que me llame, por favor. Y cuida de él. Procuraré estar en casa en un par de días máximo.

- Siempre cuido de Jon.

- ¿De verdad? Si hicieras algo parecido, ahora no estaríamos en esta situación.

- Eso no es justo, Ariadna. No es justo. Yo no...

- Deja de lloriquear de una vez y compórtate como un adulto.

- Eso no se me da demasiado bien.

- Pues ya es hora de que vayas aprendiendo. El síndrome de Peter Pan, tiene encanto hasta cierta edad, después ya resulta patético.

Enfrascada en la discusión con Edi ni siquiera advertí que el coche se había detenido. James aguardaba fumando un pitillo con ademanes impacientes, apoyado en una farola.

Al verme descender del taxi, me besó brevemente en los labios y esbozó una sonrisa rápida y breve, como un destello, y me hizo un gesto con la cabeza indicando que lo siguiera. Fui tras él y cruzamos la plaza. Nos adentramos por callejuelas que no conocía.

Al final, nuestra cita de la noche anterior no acabó en nada serio. Yo no estaba de mejor humor. Nos besamos y poco más.

Tras casi diez minutos de caracolear por calles oscuras y desconocidas, se detuvo frente a un edificio bastante ruinoso y encendió otro cigarrillo, mientras esperaba que yo culminara la cuesta sin dejarme el hígado por el camino.

- Ya queda poco -me animó burlón.

En el interior, hacía fresco y estaba bastante oscuro. Subimos en un ascensor muy antiguo.

- Tu amigo Graham pertenece a una célula yihadista o qué gruñí. Esto está más que escondido.

James sonrió. Su sonrisa me provocaba flojera en las piernas. Solo esperaba que no fuese demasiado evidente.

Entramos en un apartamento que rebosaba modernidad y buen gusto, en contraste con el exterior del edificio. El anfitrión tendría unos sesenta y cinco años, más o menos, pelo cano recogido en una coleta, constitución recia y cara de niño, en la que destacaban unos ojos de un azul tan claro que dolía mirarlos.

- Soy Graham Denahoe. Siéntate, por favor -dijo con una voz profunda y acento galés. Miré a mi alrededor con disimulo. Graham aparecía en todas las fotos de distinta guisa, vestido de piloto, de época, montando a caballo, al estilo Elvis, y en un par de ellas reconocí a un actor y una actriz de relativo éxito cuyos nombres no recordé. Las fotos convivían con pósters de Sex Pistols, The Clash, Slits y otras bandas inglesas, y en menor medida, The Ramones y Dead Boys.

- ¿Eres actor, Graham?

- Lo era, ahora estoy centrado en dirigir una compañía de teatro alternativo en el Soho, aunque de vez en cuando no me resisto a subirme a un escenario. El gusanillo siempre se lleva dentro.

Su dicción resultaba muy académica, era fácil imaginárselo declamando a Shakespeare en una sombría sala de barrio.

James se levantó.

- Haré té si te parece, Graham.

- Estupendo.

James se alejó en dirección a la cocina, que estaba en el mismo ambiente que el salón y el dormitorio.

- Viví en el hotel Chelsea de Nueva York durante los setenta, concretamente de marzo del 75 a junio del 79, con alguna etapa entre medio en la que regresé aquí o viajé a Los Ángeles por trabajo.

- ¿Conociste a Nancy y Sid?

- Sí, vivían en la planta de arriba. Los vi a menudo durante el tiempo que pasaron en el Chelsea. A Nancy ya la conocía de su anterior época en Nueva York, aunque no demasiado, de vista o de algún conocido común. Cuando regresó con Sid, intimamos más. Él era un buen chaval, andaba totalmente perdido, un día me dijo que se sentía como un puto mago que ha perdido su varita mágica. Eso dijo. Había tocado el cielo con la punta de los dedos, y de repente, todo se venía abajo. La disolución de la banda fue un golpe tremendo para Sid. No lo encajaba. Malcolm andaba a malas con Rotten y no tenía la simpatía de los otros dos, pero él seguía soñando con volver a tocar juntos. Los Pistols eran su sueño de adolescente, y apenas duró un suspiro.

- ¿Y Nancy, cómo lo llevaba?

- Nancy era otra cosa. Tenía mucho carácter, mucha personalidad. Sabía lo que quería y nada la detenía. Me impresionaba su determinación. Ella decidía y cuidaba de Sid. Estaban muy enganchados, a las drogas y el uno al otro. Sid estaba hecho un desastre. Nancy insistía en que ensayara para los conciertos y él se quedaba tirado en la cama, metiéndose o acababa borracho, peleándose por ahí. La zona era peligrosa, muy peligrosa en aquellos tiempos. Corría mucho desaprensivo por allí y Sid era un blanco perfecto. De vez en cuando, subía a mi habitación a charlar y a fumar hachís. Yo no me metía heroína. Escuchábamos a los Ramones, a los Dead Boys. Me firmó la versión americana del disco de los Pistols, ya sabes, la de la portada rosa. -James apareció con el té y unos bollos que olían de maravilla y se sentó con nosotros. Graham se levantó y regresó con el disco. En la carátula destacaba una dedicatoria de Sid en rotulador negro y letra poco clara.

- Vale, eso no demuestra nada. Mucha gente tiene discos con una dedicatoria de músicos famosos y no significa que los conozcan de nada. Yo misma, tengo un cd firmado por Jeff Buckley y un vinilo con dedicatoria de PJ Harvey y no intercambié más de tres palabras con cada uno de ellos. Ah, y también tengo una foto con Lee Ranaldo y con mi ex marido. Nos lo encontramos un día, en Madrid.

- Sí, sé a que te refieres y entiendo que desconfíes, pero es cierto. Los conocí.

Graham sirvió el té y me ofreció un bollo.

- Muy bien, pongamos que los conociste, ¿sabes algo acerca de la muerte de Nancy?

- Yo no estaba allí aquella noche, así que poco puedo decirte. Llegué de Cardiff al cabo de tres días y todo el mundo hablaba de ello. Oí cosas, claro, pero nada concreto y nada que no hayas oído ya, alguien que conocía a alguien que decía que le habían contado. Ese rollo. Muchos procuraron sacar tajada, se inventaron historias para la prensa a cambio de unos dólares para caballo. Vi a gente en la tele, proclamándose amigo o amiga del alma de Sid o de Nancy, o de los dos, jurando por lo más sagrado que vivían en el Chelsea y eran uña y carne, y yo no los había visto jamás. -Hizo una pausa muy teatral para beber el té, el Lawrence Olivier de pacotilla con pinta de ángel del infierno se lo tomaba con calma. -Hasta que hará unas semanas, supe algo, algo -otra pausa- muy, muy interesante.

- ¿Qué?

- Ven, te enseñaré algo. Quizás esto te haga reconsiderar tu postura. En el otro extremo del loft, junto a un ventanal, había un escritorio con un ordenador portátil. Graham tomó asiento en la silla giratoria y accedió al dispositivo.

- Mira -dijo con aire triunfal. James seguía en el sillón, dando cuenta de los bollos.- No tengo el vídeo completo. Esto es una confesión. La confesión del asesino de Nancy Spungen.

———◆———

En el mundo
de las *groupies*

Nancy

NUEVA YORK, 1976

Sable se marchó a Los Ángeles y me quedé muy sola.

- No permitas que esas zorras maliciosas te hagan de menos, Nancy -me susurró antes de marcharse- tú eres mucho mejor que ellas. No lo olvides.

Todo el mundo se marchaba. Nueva York se estaba quedando vacía de música, de gente interesante, de alma.

Por la noche me acerqué al CBGB y no había nadie.

- ¿Dónde está todo el mundo? -pregunté. Por allí andaba Legs y alguno más. Se encogieron de hombros y siguieron bebiendo. Caminé hasta el Max's. Llovía y a la vez hacía mucho calor. Llegué allí empapada y de pésimo humor. Había una fiesta VIP. Eso se había convertido en algo muy habitual en el Max's. Por allí se dejaban ver siempre Lou Reed y su cuadrilla de travestis, mirando a todo el mundo por encima del hombro. No me dejaron entrar. Me dijeron que no podía acceder al local sin invitación y se rieron de mí. Vi llegar una limusina. No pude ver quién iba en el interior. La gente hacía sus apuestas, unos decían que era Bowie o quizás Mick Jagger.

Eché a caminar desanimada. Ni siquiera tenía nada para pincharme y no podía trabajar a causa de una redada en el club. Les cayó una multa por servir alcohol a menores y no podían volver a abrir hasta que la pagasen. Me quedaba mi empleo de dominatrix, menos mal. De camino a casa, frente al hotel Chelsea, un tipo me ofreció dinero por hacerle una mamada. Acepté. Le hice el trabajo en un callejón y me marché a pillar.

Nancy

NUEVA YORK, 1976

De repente, el centro del mundo se trasladó a Londres. Tal vez no ocurriera de un día para otro, supongo que fue un proceso más bien lento. Jerry Nolan y los chicos de los Heartbreakers se marcharon de gira a Londres y se quedaron allí. Iban a actuar con el nuevo grupo de Malcolm, los Sex Pistols, Debbie y su banda estaban de gira por el país, igual que los Ramones. El Max's era territorio de los Vips y ya no estaba al alcance de los punks desarrapados, Sable se había ido y ahora Jerry. Apenas quedaba nadie en Nueva York. Lo hablé con Phil y me dijo que me marchara a Londres, que me vendría muy bien un cambio, alejarme de un ambiente tan nocivo y tener nuevas experiencias. La idea me gustó.

Londres se convirtió en mi nuevo sueño.

Nancy

Aquel otoño me desenganché y tuve más contacto con mi familia. Le confié a mi madre mis planes, que me gustaría ir a Londres, cambiar de aires. El año de alquiler de mi apartamento vencía en breve y debíamos decidir si renovarlo o no.

Una mañana me acompañó a por la metadona. Quería que viera que me lo tomaba en serio, que era una persona responsable y que estaba capacitada para cruzar el charco y vivir sola en otro país.

- Solo tienes diecisiete años y Londres está muy lejos. No es lo mismo que aquí, Philadephia está a una hora, si me necesitas puedo venir en cualquier momento. Pero, Londres...

- Tendré los dieciocho cuando me vaya, mamá.

Tenía que convencerla. Necesitaba dinero, y esperaba que pudiera adelantarme algo del fondo de mi abuelo reservado para mí, y para eso tenía que demostrar madurez.

Me vino bien estar limpia, volver a bailar, tener planes de futuro. Mi aspecto era mucho mejor y me sentía a gusto con la vida.

En Londres todo sería genial. Estaba segura de que allí pasaría algo maravilloso.

Lo presentía.

◆

Ariadna

El hallazgo era sorprendente, tengo que admitirlo. No esperaba nada semejante. Graham me mostró el vídeo de unos cuarenta segundos, era una entrevista a un hombre cuyo rostro se veía difuminado y que se hacía llamar Mike. Confesaba haber asesinado a Nancy Laura Spungen la madrugada del 12 de octubre en la habitación 100 del Hotel Chelsea.

- Si queremos ver el final del vídeo, tenemos que pagar. El precio de salida era 16.000 dólares. Anoche, ahora ya se habrá triplicado.

- ¿Precio de salida?

- Parece ser que el vídeo entero con la entrevista se ha hallado en un trastero de Brooklyn hará unas cinco semanas. El tío que compró el trastero ha montado una subasta bestial. Se va a hacer de oro el cabrón.

- ¿Sabéis el nombre del espabilado en cuestión?

- Francis Hitch, se dedica a eso, a las subastas y a los objetos de coleccionistas.

- Sigo sin entender qué pinto yo en todo esto.

- Hemos estado investigando. La entrevista la realizó una periodista llamada Liz Buckley hace más de treinta años. Eso significa que puede haber otras copias que no costarán una fortuna. Sois colegas de profesión, seguramente será mucho más receptiva a hablar contigo. James ha tenido una gran idea. En vez de un artículo, ¿por qué no escribes un libro sobre la muerte de Nancy? Imagínate, podrías aportar la resolución de un caso que lleva cuarenta años coleando. Eso podría darte mucha pasta.

- ¿Y vosotros que ganáis?

- Queremos una copia de la cinta para nuestro museo. El plan es que se inaugure coincidiendo con el aniversario de la muerte de Sid, en febrero de 2019. Si nos la pudieras conseguir sería genial. Tenemos uno de sus bajos, una camiseta que llevó Rotten en un concierto, una guitarra de Mick Jones, copias de las cartas que Sid le escribió a la madre Nancy desde la cárcel, y estamos esperando recibir letras manuscritas de Johnny Thunders entre otras cosas. La cinta con la confesión del crimen sería el colofón, nos daría mucha visibilidad. Vamos, es una historia interesante y un paseo por Nueva York nunca está de más. Piénsatelo.

Nancy

Londres era un avispero. Jóvenes con crestas de colores, pantalones rotos, camisetas pegadas con imperdibles, cadenas, pinchos, tribus urbanas a palos en las calles, una especie de caos total. No se parecía en nada a Nueva York, ni los punks se parecían a los neoyorquinos. Eran de otra especie, más ruidosos y gamberros, más inocentes. El lema «Hazlo tú mismo» lo llevaban hasta la última consecuencia. Las ropas que vestían daban la impresión de caerse a pedazos y la lucían tan ufanos.

Me dirigí directamente del aeropuerto a Sex, la tienda del ex manager inglés de los New York Dolls, el hombre que ahora estaba en la palestra como inventor de los Sex Pistols y su mujer, la fantástica diseñadora Vivienne Westood. Supuse que ellos me llevarían hasta Jerry.

Me fui a Londres, vía Ámsterdam, con la guitarra de Jerry, que él empeñó tiempo atrás. Reuní dinero y la recuperé de la casa de empeños. Me pareció un gesto precioso, muy romántico. Jerry, por supuesto no lo apreció en absoluto. Me quedé en casa de mi amiga Linda, de no haber sido por ella habría acabado durmiendo en la calle. No conocía a nadie más en Londres, aunque tampoco me preocupaba demasiado. Sabía que los Heartbreakers estaban por allí y que ellos serían mi puerta de entrada al punk londinense. Como de costumbre, Johnny y Jerry se comportaron como unos capullos. Me buscaban exclusivamente cuando necesitaban algo, y luego, delante de la gente, me trataban como basura. Además, estaban nerviosos porque sus parejas llegaban a Londres y querían quitarse de encima a las *groupies* y a cualquiera que pudiera crearles un problema. Su manager, Lee Childers un tipo odioso, intentó por todos los medios que no me acercase a Jerry. Fue sumamente desagradable y amenazador. Yo no le hice el menor caso a ese tipejo. A menudo me dejaba caer por al apartamento que tenían en Londres. Allí se reunía mucha gente, *groupies*, camellos, músicos. Johnny repetía una y otra vez su estúpida escena de la aguja. En cuanto conocía a algún pobre incauto, lo impresionaba blandiendo la jeringa, «¿eres un hombre o un ratón?».

En Londres nadie se metía heroína. La droga de moda allí era el *speed*. Cuando veían a Johnny y a Jerry manejar las agujas, calentar el caballo, etc, se ponían pálidos. Toda su bravuconearía se esfumaba.

Tenían miedo y se les notaba, y a la vez admiraban locamente a aquellos americanos raros, que por otra parte eran músicos prodigiosos, y querían complacerles a toda costa y estar en la misma onda que ellos.

Mi objetivo, además de estar con Jerry, era conocer a los Sex Pistols. Los había seguido en la distancia y me intrigaba saber qué tenían de diferente, por qué estaba en boca de todos. En Inglaterra eran el grupo del momento. Nadie era más popular. Algunos los odiaban y otros los adoraban, pero todo el mundo hablaba de ellos, bien o mal.

Cuando los conocí, Johnny Rotten y Sid Vicious no me impresionaron precisamente. Por Dios, me acosté con Iggy Pop, dos niñatos británicos mal peinados no harían que me desmayara. Rotten me pareció muy raro, bastante insolente y no demasiado guapo. Sid era muy dulce, despistado, se tropezaba con sus largas piernas y era muy gracioso. En el escenario, se transformaba, era una fuerza de la naturaleza. No se trataba de tocar mejor o peor, sino de actitud punk, de carisma. Y en eso Sid era el mejor.

Nancy

LONDRES, 1977

Sid y yo estábamos destinados a estar juntos. Lo supimos en seguida. Empezamos a hablar una noche en el Roxy y conectamos como nunca habíamos conectado antes con otro ser humano. Él tenía muy poca experiencia sexual. Era como un niño que no acertaba a dominar su cuerpo y le olían muy fuerte los pies. Le obligué a lavárselos. Se reía y me perseguía con los calcetines apestosos. La primera vez el sexo fue torpe pero muy dulce. Él no sabía muy bien lo que tenía que hacer y dejó que yo le guiara. Fue una experiencia muy distinta a lo que yo estaba acostumbrada, me llenó de un modo diferente. Me sentí amada de verdad por primera vez en mi vida.

Al despertar, Sid había ido a comprar pizza para cenar. La pizza lo volvía loco, si hubiera sido por él, la habría comido para desayunar, comer y cenar.

Él era una estrella en Inglaterra, los periódicos no hacían más que hablar de los Sex Pistols. Tenían la categoría de enemigo público número uno de un gobierno conservador e insensible que vivía de espaldas a la juventud y a los movimientos sociales. Los Sex Pistols sacudieron el Reino Unido, lo despertaron de su letargo y pusieron en marcha a los jóvenes. Era un punk más proletario que el de Nueva York y quizás más divertido y menos oscuro.

Y yo estaba en medio de aquella encantadora locura, con mi amor.

Nancy

Linda tenía un negocio muy bien montado, su piso estaba al lado del Parlamento británico y sus clientes procedían casi todos del entono político, hombres muy importantes a los que les apetecía una buena ración de azotes y estaban dispuestos a pagar mucho por ello. Tenía tanto trabajo que necesitaba ayuda extra, y ahí entraba yo. En resumen era un trabajo parecido al de Nueva York. No estaba mal, me servía para desahogarme y también me consolaba ver que había gente mucho más chalada que yo.

No todo era bueno en Londres. Malcolm McLaren me declaró la guerra desde la primera vez que pisé Sex. Vivienne era un genio, hacía cosas realmente maravillosas con la ropa, era atrevida e inteligente. Malcolm era un tipo sin ningún talento más que el de exprimir a los demás. Los Sex Pistols eran un buen invento, un invento formidable que Malcolm no supo gestionar. Se llevaban fatal entre ellos. Estaban en continúa tensión por todo y Malcolm, en vez de apaciguar los ánimos, se dedicaba a manipularlos y a crear bandos. Steve y Paul iban por un lado, Johnny y Sid al principio iban por otro, y Malcolm azuzaba el fuego. Como era incapaz de crear nada bueno, generaba caos y problemas. Por otra parte, Rotten y Malcolm no se soportaban y eso creaba un ambiente imposible y ponía a Sid en una situación incómoda. Sid me recordaba a un cachorrillo ansioso de agradar a todo el mundo. Por una parte, quería permanecer leal a Rotten que era su amigo y a la vez no enemistarse con Malcolm que lo adulaba en secreto para que se volviera contra Johnny.

- Yo solo quería ser un Sex Pistols, ¿sabes?. Y me están amargando entre todos. Esto es una puta mierda -me dijo a las pocas semanas de conocernos.

Apenas ensayaban ni eran capaces de ponerse de acuerdo en nada. Era un avispero y acababan de encontrar otra diana para todos sus problemas: la americana que volvía loco a Sid.

◆————◆————◆

Ariadna

Escribir un libro sobre Nancy. La perspectiva me sedujo. No sobre su muerte, ni siquiera sobre quién la mató, sino sobre su vida, sobre quién fue de verdad, más allá del personaje elevado a los altares de la maldad que nos han vendido de forma incansable.

Me di una ducha y me bebí en dos sorbos una botella de agua con gas. Tenía tres llamadas perdidas de Blai y un mensaje en el que, más con ladridos que con palabras, me exigía noticias sobre el artículo y mencionaba algo acerca de las dietas y el dinero que estaba malgastando en mis «vacaciones» londinenses.

Lo llamé.

- ¿A esto le llamas vacaciones, Blai? Una merienda con la familia Adams sería más divertida.

Le conté brevemente mi encuentro con Graham y James y la idea de viajar a Nueva York y aprovechar el artículo para escribir un libro sobre Nancy.

- Quiero ir a Nueva York, por mi cuenta y localizar a esa periodista, a ver si es posible sacar algo en claro.

- Por tu cuenta. Es la expresión clave. No vamos a pagarte un viaje a Nueva York.

- Lo entiendo.

- Me parece bien la idea del libro, pero recuerda que tienes que enviarme el artículo en seis días, como máximo. ¿Queda claro?

- Clarísimo.

◆———◆———◆

Nancy

Johnny metió a Sid en el grupo porque se llevaba fatal con Glen. Buscaba un aliado y tener a su mejor amigo en la banda le pareció una solución ideal. Lo que no pensó es que Sid acabaría robándole el protagonismo. En mis primeros tiempos en Londres siempre los veía juntos, haciendo el tonto por Kings Road, eructando, peleando contra los Teddy Boys, chicos con estética rockabilly muy violentos que odiaban a los punks. Rotten no tenía el menor interés en ser amable o sociable. Era grosero, haciendo honor a su apodo Su nombre real era John Lyndon. Seguramente se sentía inseguro y esa era su manera de encubrirlo. Sid parecía su mascota. El resto del grupo lo miraba con desconfianza porque lo consideraban un enchufado, y Malcolm, lo trataba con indulgencia puesto que sabía que tenía entre manos un diamante en bruto, alguien con potencial para ser más legendario que los Sex Pistols.

Los Sex Pistols necesitaban a Sid mucho más que él a los Sex Pistols, me esforcé por hacérselo entender. Ya no era el chaval que inventó el pogo, el fan de los Sex Pistols que no se perdía ningún concierto de la banda. Ahora era uno de ellos, y lo más importante, era el más carismático, al que todos los chicos querían imitar. Londres estaba lleno de chavales vestidos como Sid. Era un ídolo y merecía que lo trataran como tal.

Malcolm me veía como una enemiga. Rotten y él usaban a Sid como arma arrojadiza en sus peleas. Cada uno se afanaba por reclutarlo para su causa, Rotten lo quería como escudero sin que le hiciese sombra, y Malcolm, consciente de su don para crear tendencia, pretendía moldearlo a su antojo.

Y yo no estaba dispuesta a que ninguno de los dos se saliese con la suya. Steve y Paul tampoco me tenían ningún aprecio. En general, las novias de los músicos no suelen ser bien vistas por el resto de la banda, rollo de chicos y esas cosas, pensé, pero en este caso no iba de eso, ellos no eran amigos, yo no era Yoko irrumpiendo en la amistad de Paul y John. Los Sex Pistols no sabían qué hacer con Sid, lo necesitaban para llenar páginas y salir en la tele y lo odiaban porque no lo consideraban un músico auténtico, y aun así era más famoso y querido por el público que todos ellos, incluido el engreído de Johnny Rotten. Era quién más me odiaba. Le había usurpado su influencia sobre Sidney y eso no me lo perdonaba.

Nancy

Drogarse en Londres era un chollo. El gobierno te daba ayudas. La ciudad me gustaba. Era un hervidero. Había manifestaciones, peleas, conciertos que se interrumpían abruptamente a causa de una trifulca. Siempre pasaba algo. A veces, es cierto, pasaban demasiadas cosas y no todas eran buenas. Los Teddy Boys, malditos pijos asquerosos con su ropa anticuada, eran una constante pesadilla para los punks. Tenían un comportamiento muy violento, se organizaban en grupos y si cazaban a sus víctimas punks a solas o en zonas poco concurridas, podían llegar a enseñarse mucho y causar heridas graves. Sid y yo tuvimos varios enfrentamientos serios con ellos y Sid me compró una porra. Él llamaba la atención, tan alto, con el pelo de punta y la chupa. Era imposible no verlo, destacaba como un faro en la oscuridad y nunca rehuía una pelea. Yo tampoco rechazaba las peleas, pero en ocasiones era más sensato evitarlas, sobre todo si estabas en inferioridad numérica. Sid no parecía entenderlo o simplemente le daba igual. A causa de las peleas callejeras o de broncas en los clubs se perdía ensayos e incluso había que cancelar conciertos. En realidad, no era tan violento. Solo hacía lo que creía que debía hacer el punk más famoso del Reino Unido. Se empeñaba en estar a la altura de su reputación.

Sid me contó que Jerry le inyectó heroína por primera vez. Acababa de conocer la heroína en todo su esplendor cuando empezamos a estar juntos. Su madre, que era una yonqui empedernida, le aconsejaba que se mantuviera alejado del caballo, y Sid le hizo caso, más o menos, hasta que conoció a Jerry Nolan y quiso ser como él, convertirse en una auténtica estrella del rock.

- Tienes que ser más profesional –le insistía. –Si quieres vivir de la música, te lo tienes que tomar en serio.

Ese era el problema. La banda no era profesional. Malcolm no era profesional. Era un juego, un juego que movía mucho dinero del cual los Sex Pistols apenas veían unos peniques. Malcolm trataba a los chicos como si fuesen niños pequeños, les daba limosna. Eso sí, la ropa que llevaban en los conciertos provenía de su tienda, Sex, diseñada por Vivienne. Una ropa muy atrevida, que no siempre les sentaba bien a los chicos, en especial a Rotten. Sid pasaba de eso. No necesitaba nada más que su chupa de cuero y su increíble carisma para comerse el escenario. Ensayaban poco, casi siempre estallaba una discusión y el ensayo se iba al garete. No actuaban como músicos, más bien como chiquillos rebeldes una tarde de sábado.

Tampoco ayudaba mucho que viviéramos con la madre de Sid. No nos entendíamos. Competía conmigo por Sid. Era absurdo y yo no me lo tomaba bien. A veces nos robaba las drogas, y tal vez en alguna ocasión, nosotros le robamos a ella. O bien Sid y ella discutían a todas horas, o bien él y yo discutíamos a causa de su madre. Se como fuese, era insoportable y sus guisos eran horribles. La cosa no duró mucho, unas semanas, hasta que decidimos mudarnos a un hotel.

Nancy

Malcolm intentó secuestrarme en varias ocasiones. En una de ellas, aprovechó una tarde que Sid estaba en el dentista y yo quedé con su secretaria para ir de compras. En un momento dado, aparecieron uno amigos de Malcolm, y entre todos trataron de meterme a la fuerza en un coche para llevarme al aeropuerto. Luché cómo una leona, y logré escapar. El malnacido estaba dispuesto a todo para separarnos a Sid y a mí. Se obsesionó con eso. Era patético.

Malcolm ansiaba tener el control y exprimirlo al máximo y yo representaba un obstáculo para sus planes. Sid se enfadó muchísimo con la charada del secuestro. Solo hablaba de partirle la cara a Malcolm, hasta que lo apacigüé. Ese no era el camino. Desde entonces, Sid odió a Malcolm con toda su alma y se negó a ir de gira a Escandinavia.

- No iré, Nancy. No haré nada de lo que diga ese cabrón.

Al fin, las cosas se calmaron. Persuadí a Sid de que era lo mejor para todos seguir con los conciertos planeados, pero apenas le dirigía la palabra a Malcolm.

- Eres un falso hijo de perra. -Llegó a decirle desde su metro noventa de estatura. Malcolm miró al suelo, temblando.

Sid y Rotten cada vez estaban más distanciados. Johnny estaba celoso de nuestra relación y de la creciente fama de Sid. Le molestaba que Sid ya no fuese el perrito que le reía todas las gracias, por otro lado también estaba enemistado con Malcolm y a duras penas se soportaba con el resto de la banda.

Los Sex Pistols eran un polvorín a punto de explotar.

Ariadna

Llamé a un par de editores de confianza, uno de hecho fue más que un amigo después de divorciarme de Edi, y les propuse la publicación del libro. El editor ex amante, aunque entusiasmado, me advirtió que debía consultar con sus compañeros de equipo. El otro, me respondió que sí al instante. Negociamos las condiciones y le pedí un pequeño adelanto para sufragar el viaje a Nueva York. «Un viaje crucial para escribir la novela.» Protestó un poco, pero claudicó. Quedamos que en un par de días nos veríamos en Barcelona para firmar el contrato y recoger el cheque.

Me sentía eufórica. De una tacada había resuelto varios conflictos. Ahora me faltaba encarar el más peliagudo de todos, la situación de Jon. Apenas pude hablar con él un par de frases sin que rompiera llorar.

- Pasado mañana estaré en casa, cariño.

Colgó entre sollozos.

Escribí un rato el dichoso artículo. A falta de un final, lo tenía bastante perfilado. Al anochecer, hablé con la madre de Ingrid. Nos habíamos visto tres o cuatro veces. Me parecía una mujer culta y un poco altiva. Enfoqué el tema con la mayor delicadeza posible, pero choqué frontalmente contra un muro de intolerancia. Su hija era una buena niña a la que Jon había corrompido. Por supuesto que no tomaba drogas. Por más que quise hablar con ella, se repetía en bucle.

- Como le pase algo a Ingrid, tu hijo lo va a pagar, Ariadna. No te quepa duda.

Con esta frase lapidaria y terrible resonando en mi cabeza, traté inútilmente de dormir en mi penúltima noche londinense.

Nancy

La gira por Escandinavia fue un éxito desde el punto de vista musical. Sidney me contó que hicieron algunos de los mejores conciertos de la banda, Por desgracia, las cosas entre ellos fueron un desastre. Los muy malvados trataron a Sid como a una mierda. Enfermó y se encontraba fatal y nadie, ni siquiera su supuesto amigo Rotten, se ocupó de él. Lo dejaron solo en un país desconocido, vagando por las calles.

- Esos bastardos me dejaron tirado, Nancy, ¿te lo puedes creer?

Sid estaba muy molesto con Rotten, no solamente por su mezquina actitud y por ser un mal amigo, también porque se estaba dejando mucho y su aspecto era penoso en el escenario. Vestía de forma absurda y bailaba ska sin que viniera a cuento en los conciertos. Antes de iniciar la gira, Sid amenazó con dejar el grupo debido a la desatinada ocurrencia del rapto de Malcolm, y parecía que las cosas con Rotten se calmaban, sin embargo fue un espejismo, estaba cada vez más celoso del protagonismo de Sid y se dedicaba a sabotear los conciertos.

No le importaba hundirse él mientras hundiera el grupo y a Sid.

Nancy

LONDRES, 1977

Nos cansamos de los hoteles. Nuestras peleas salían al día siguiente en la prensa y la gente parecía creer que practicábamos ritos satánicos o cosas así. A raíz de una pelea especialmente fuerte, vino la policía. Sid se había hecho algunos cortes y estaba lleno de sangre y lo exageraron todo muchísimo, como siempre. Tuvo algunos problemas legales, que al final resolvieron los abogados. La prensa estaba encantada con las fotos de Sid ensangrentado y las declaraciones de algunos huéspedes contando una película totalmente falsa.

Por fin, alquilamos nuestra propia casa en Peadock Mews, en la zona de Maida Vale, un lugar genial en el que nadie nos molestaba. Nuestra vida juntos era tranquila cuando nos dejaban en paz. Veíamos la tele y pasábamos muchas horas en casa. Estábamos bien juntos, aislados en nuestro mundo. Escuchando a los Ramones, los New York Dolls y a Iggy Pop. Le conté a Sid que me había acostado con Iggy en Nueva York.

- ¿De verdad? -me dijo- admirado. Eso es maravilloso.

- Pero tú me gustas más -aclaré.

- ¿Mucho más?

- Muchísimo más -lo besé con ansia y rodamos por la cama deshecha y llena de ropa y cajas de pizza vacías que se nos clavaba en el culo.

A Sid le encantaba ver la tele. Todo tipo de programas y los dibujos animados. Comer pizza, follar, ver la tele y colocarse. Era su modo de vida y el mío. Los problemas, como siempre, venían, una vez se nos acababa el dinero. El avaro de Malcolm no le daba ni una libra. Nos veíamos obligados a mendigar a la madre de Sid, aunque ella también era una yonqui y si tenía que elegir entre su hijo y ella, elegía meterse su dosis sin la menor duda. En esos casos, yo debía salir al rescate. Sid era un niño grande, un encanto, pero no sabía hacer frente a los problemas reales de la vida. Yo sabía muy bien qué era eso y podía hacerlo igual en Londres o en Nueva York.

El mercado del sexo y la droga son iguales en todas partes.

Dar, recibir, vender, comprar, negociar. Reglas universales.

Nancy

Sid me escuchaba fascinado mientras le hablaba de Nueva York, de Dee Dee Ramone, que era su ídolo. Lo adoraba completamente.

Lo cierto es que mi Sid era mucho más inteligente de lo que la gente pensaba. Como yo, no tuvo una buena infancia. Su madre era una drogadicta que lo tenía completamente desatendido. Lo utilizaba para pasar droga de Marruecos a España cuando era un crío. Vivieron un tiempo en Ibiza. Era una hippie chiflada que solo pensaba en colocarse. Aparentaban estar muy unidos, sin embargo la realidad era que Sid nunca le perdonó la infancia desastrosa que le dio. No es que Annie no amara a su hijo, lo amaba con todas sus fuerzas, pero no tanto como a las drogas. Sid siempre supo que era el segundo gran amor de su madre, que por mucho que lo quisiera, y de eso no tenía ninguna duda, si tenía que elegir, elegiría las drogas, y en el fondo él lo comprendía, porque también era un yonqui, pero no por eso le dolía menos.

No te puedes fiar de un yonqui. Nunca. Bajo ninguna circunstancia. Ni aunque sea tu hijo, tu madre, tu mejor amiga o el amor de tu vida, la próxima dosis es más importante. Es una verdad devastadora y dolorosa que cuesta aprender, sobre todo cuando es sobre uno mismo.

- ¿Querrás tener hijos?

Me lo quedé mirando. No estaba segura de si bromeaba o no.

- No. ¿Tú sí?

- Podría ser divertido, dentro de un tiempo, claro.

- Dentro de un tiempo estaré muerta.

- Dentro un tiempo todos estaremos muertos, Nancy. Yo no creo que llegue a los veinticinco.

- Pues yo no creo que llegue a cumplir veintiuno. Te digo la verdad. Toda la vida he pensado en morir, desde pequeña.

- Eso era porque antes estabas sola, pero ahora me tienes a mí, pequeña, ya no estás sola ni lo estarás nunca.

- Qué dulce eres, Sid.

- ¿Te burlas de mí?

- No, no, al contrario, cariño. Eres tan inocente y eso me encanta. Eres puro.

De vez en cuando, Sid sacaba de nuevo el tema de los hijos.

- Sería fantástico tener una pequeña Nancy y un pequeño Sid, no me digas que no.

Yo no sabía cómo explicarle que me parecía horrible condenar a un niño a la peor de las infancias. Un día, perdí la paciencia y se lo grité a la cara.

- ¿Quieres que nuestros hijos pasen una infancia como la tuya? ¿Eso es lo que quieres, maldita sea? Pareces idiota.

- Cuidado con esa boca, Nancy. A mí no me llames idiota. Podríamos ser buenos padres, hacer las cosas mejor que los nuestros.

- ¡No, Sid! ¡No podríamos hacerlo! ¿No lo ves, joder? Somos un par de yonquis. Desatenderíamos a los niños, saldríamos corriendo a por heroína y los dejaríamos llorando en la cuna o tirados en la puerta del colegio. Seríamos unos padres de mierda. Esa es la verdad.

Se puso como loco. Empezó a romper cosas. Tiró el televisor al suelo, rompió una botella de cerveza.

- ¡Para!

Sid no me escuchaba, estaba completamente enloquecido, se había hecho sangre en las manos y tenía los vaqueros y el torso desnudo salpicados y seguía derribando cosas y propinando patadas. Cogí un trozo de botella y me corté el brazo. Sid se detuvo, me miró perplejo.

- Nancy, coño...

Corrió a por una toalla.

- Toma, hazlo. Si me quieres, hazlo.

- Haría lo que fuera por ti.

Agarró el vidrio y se lo clavó lentamente en el antebrazo.

- ¿Contenta?

- Bésame.

Nos besamos cada vez con más avidez, Sid me quitó la camiseta y las bragas y yo le desabroché los pantalones. Hicimos el amor untados en nuestra sangre.

Ariadna

BARCELONA, 2018

Hice las maletas y cogí el primer vuelo a Barcelona. Encontré a Jon enterrado bajo un alud de almohadas pese al calor insano de la habitación.

- Jon, por Dios. Te vas a asfixiar.

Abrí persianas y ventanas, ignorando las protestas adormiladas de mi hijo y aparté las almohadas. Estaba bañado en sudor, balbuceaba palabras inconexas, tenía los ojos hinchados y el pelo aplastado.

- Necesitas una ducha. Vamos, sal de la cama ahora mismo.

-Déjame dormir.

- Ni hablar. Levanta, Jon.

- Que me dejes, mamá, joder.

- A mí no me hables así. ¿Qué has tomado?

- Nada. No he tomado nada.

- Por supuesto que sí, y me lo vas a decir ahora mismo, ¿dónde demonios está tu padre?

- Tiene un bolo no sé dónde. Vuelve mañana, creo.

- Y te ha dejado el arsenal de pastillas para que te sirvas. Lo mato, cuando lo pille, lo mato.

- No, mamá. Él no tiene la culpa.

- ¿Ah, no? ¿Y quién la tiene, Jon?

- Yo, yo tengo la culpa de todo. La he cagado y ahora Ingrid -estalló en un llanto infantil y desesperado que me pulverizó el corazón.

-Ingrid... -no pudo continuar.

Lo abracé con todas mis fuerzas, susurré palabras de consuelo, empapadas en las lágrimas de los dos. Arrastré a mi hijo a la ducha y llamé a su padre. Me saltó el contestador, lo que acrecentó aun más mi cólera. Al segundo intentó, respondió una voz de mujer.

- Dile que se ponga -ladré.

- Está en la ducha.

- Pues lo sacas de la ducha.

- ¿Y no puedes esperar un rato, Ariadna?

- ¡No, no puedo! ¡Que se ponga ahora mismo, ostia!

Edi se puso con voz jadeante y preferí no imaginar lo que estaba haciendo en la ducha con la niña *influencer*.

- ¿Qué pasa, Ari?

- Pasa que tu hijo está hecho una mierda, solo, deprimido y drogado en tu casa. Eso pasa.

- Tengo que trabajar, ¿qué quieres que haga?

- Cuidar de tu hijo. Y si tienes que irte, lo dejas con mis padres. ¿Cuándo dejarás de comportarte como un adolescente, Edi?

- Vale, oye, Lo siento. No es para tanto. Mañana estaré ahí. El chaval está pasando un mal trago. Lo superará.

Corté la conversación hecha una furia, Jon ya estaba duchado, con la cabeza gacha, en calzoncillos.

- Jon, las drogas no son la solución a los problemas. No diré que yo no las haya tomado, porque sabes que sí, y tu padre, bueno...está claro que lo sigue haciendo, así que sería muy hipócrita si te diese la chapa ahora sobre el tema, pero hay algo que debes grabarte a fuego en la cabeza, Jon, las drogas son peligrosas, muy peligrosas y hay que manejarlas con mucho, mucho cuidado. No son un juego y no es una buena opción recurrir a ellas cada vez que tengas un problema. Debe aprender a solventar los problemas, y a sufrirlos.

Es parte de la vida, de madurar. Ponerte ciego a pastillas no va a solucionar tu situación, ni hará que Ingrid mejore, ¿lo entiendes?

- Sí.

- ¿Has tenido noticias de Ingrid?

- Está igual.

Lo saqué de casa de Edi y lo llevé a comer. Paseamos, hablamos poco y caminamos por el parque de la Ciutadella. Por la tarde, lo llevé a casa de mis padres y me reuní con el editor. Salí de allí con un contrato firmado y un cheque que me permitiría viajar a Nueva York y quizás, con suerte, averiguar la verdad sobre la muerte de Nancy.

Cené con mis padres, Jon y mis dos sobrinos. Pasamos un rato divertido, el primero en muchos días. La normalidad solo se aprecia cuando la perdemos, como casi todo. A eso de las once y media, Jon y yo regresamos a casa caminando.

- Me voy a Nueva York pasado mañana. ¿Quieres venir conmigo?

Tenía pánico de perder a mi hijo, que acabara en un centro de menores en caso de que Ingrid no sobreviviera y sus padres decidieran emprender acciones legales. Aquel viaje inesperado a Nueva York se presentaba como una ocasión inmejorable de disfrutar juntos unos días que pudiésemos recordar en los malos tiempos.

- ¿En serio, mamá? -Los ojos se le iluminaron.

- Sí. No será un viaje muy largo, solo unos días. Te vendrá bien.

Hicimos los preparativos, con Edi intentando sumarse al viaje de forma insistente.

- ¿Por qué no lo dejas venir, mamá?

Miré a Jon, que colocaba cuidadosamente en la maleta sus camisetas dobladas con impecable precisión. En eso, había salido a mí, era perfeccionista, casi maniático.

- No puede ser, Jon. No empieces tú también. Tu padre tiene su vida y yo la mía, y su vida incluye una pareja. ¿Qué sentido tendría que viajara conmigo?

- Pero tú lo quieres y él también te quiere.

- Eso es lo de menos, cariño.

- ¿Ah sí?

- Sí, a veces, por desgracia, es así.

- No sé si lo entiendo.

- Ya lo entenderás a su tiempo.

Nancy

Malcolm se empeñó en que la banda hiciese una gira por América. La idea parecía excelente. Le hablé de mis contactos en Nueva York, y de gente que conocía en Los Ángeles, pero no quiso saber nada.

- Yo soy el manager del grupo, y yo digo lo que se hace.
- Vale, pero...
- ¡Cállate de una vez! Estoy harto de escuchar tus estúpidos desvaríos. En Nueva York nadie te soporta, esa es la verdad.
- ¿Y a ti sí? Eres el payaso que disfrazó de comunistas a las New York Dolls.
- Que me diga eso una yonqui prostituta no me ofende. Yo he hecho grandes cosas, tú solamente sabes causar problemas y hacer mamadas, o eso dicen.
- ¿Te gustaría probarlo, Malcolm? ¿Es eso?
- Antes me follaría a una cabra.
- ¿Sid no vas a decir nada?
- Malcolm, déjala en paz. No seas capullo, maldita sea. Las ideas de Nancy son buenas. Sabe de lo que habla. Escúchala, por lo menos.
- ¿Podemos hablar en privado, Sid?
- Nancy puede oír lo que tengas que decirme.
- Sid, por favor.
- Está bien. Nancy, espera fuera.
- A la mierda los dos. Que os den.

Estuvieron charlando un buen rato. Me subía por las paredes. Estaba segura de que Malcolm estaría intentando poner a Sid contra mí, hacerle ver que solo él miraba por su bien. Malcolm era un manipulador y me había declarado la guerra, pero no sabía contra quién se las veía.

Sid salió con cara enfurruñada y echó a andar sin apenas mirarme.

- ¿Y ahora qué coño pasa? ¿Estás enfadado conmigo? ¿Sid? Eh, espera, cariño.

Corrí detrás de él. Con esas zancadas kilométricas era casi imposible ir a su mismo paso.

- ¿Quieres esperame? ¿A dónde vas? -conseguí agarrarlo de la camiseta. Me daba pánico que se alejara de mí, que dejara de quererme y me devolviera a la soledad, a ese mundo oscuro en el que yo no era nadie.

- Voy a pillar, ¿vienes?
- ¿Tienes dinero?

- Malcolm me ha dado algo.

- Vale. Vamos a pillar.

Me tomó de la mano y nos fuimos hacia el metro. Era lo único que importaba.

◆————◆————◆

Nancy

LONDRES, 1978

A veces pensábamos en dejarlo, de verdad, en estar limpios y llevar una vida normal, pero nunca nos poníamos de acuerdo al mismo tiempo. Un día yo me levantaba destrozada y me miraba al espejo con ganas de llorar. Mi aspecto me parecía vomitivo. Estaba vieja y ajada con apenas dieciocho años. Tenía que mantenerme atractiva. Era la novia de Sid Vicious. La novia de una jodida estrella del rock. Lo había conseguido y no podía estropearlo. La sensación de salir a la calle y que todo el mundo nos mirase, que murmurasen: «Eh, ahí van Sid y Nancy», eso era algo inigualable. Enganchaba casi tanto como la heroína. Por otra parte, cada vez andábamos peor de fondos. La ayuda del gobierno y las limosnas de Malcolm no daban para mucho.

- Eres una estrella del rock y vivimos como mendigos. El puto Malcolm te toma el pelo.

- No empieces otra vez. Nancy.

Era la verdad, por mucho que Sid no quisiera oírla. Los conflictos lo deprimían. Cuando las cosas se ponían feas, solo se le ocurría emprenderla a palos o esperar que alguien solucionara la papeleta, su madre, Malcolm, yo, quién fuese.

El problema era que para lograr dinero, necesitaba tener un aspecto medianamente aceptable.

Necesitaba desengancharme.

Sid decía que sí, que era una gran idea, y en cuanto yo me iba, salía pitando a colocarse.

De vez en cuando, sucedía al revés. Era Sid, casi siempre después de una larga charla y unas pintas en el pub con Rotten o con Malcolm, el que votaba por dejar las drogas.

- Podemos hacerlo, Nancy.

- Claro que sí, cariño.

Por alguna razón que no sé explicar me daba miedo cuando era él quién lo proponía, me daba por pensar que lo perdería, que Malcolm lo arrastraría lejos de mí, que quizás nuestra única manera de estar juntos era aquella, y salía a conseguir caballo.

Nancy

Al final, Malcolm se salió con la suya. Los Sex Pistols se marcharon de gira por los EE.UU. El plan era interesante, pero el proyecto era pésimo. Tenían contratados conciertos en Texas y otras zonas del sur.

- ¿Texas? ¿Lo dices en serio? Nadie va de gira a Texas, a menos que toques country o algo así. Los Sex Pistols tienen que actuar en la costa este, y quizás en Los Ángeles, ya te dije que...

- Nancy, está decidido y cerrado. La gira ya está concretada y tú opinión me importa un pimiento, ¿está claro? Es más, hemos decidido que no vengan las novias.

- ¿Quién lo ha decidido? ¿Tú sabías algo de esto, Sid?

- No, ni idea. Malcom, no veo por qué...

- Ya está hablado, Sid. Los chicos y yo estamos de acuerdo, ¿a qué sí?

Todos asintieron sin mirarme a la cara, excepto Rotten que me dedicó una mirada de triunfo.

- ¿Y Sid no pinta nada? A él no le habéis consultado y es la estrella del grupo.

- Eh, no te pases, Nancy -interrumpió Rotten.

- Lo es, maldito envidioso.

- Yo quiero que venga Nancy -insistió- por favor, Malcolm, además ella es americana y nos puede ayudar. Por favor...

- Las novias no vienen. No tenemos dinero para tantos pasajes y habitaciones de hotel, ¿entendido? Lo siento, Sid.

No hubo más que hablar. Sid tuvo que plegarse a la conspiración de Malcolm y el resto del grupo. Luego me enteré de que los antecedentes penales de algunos de ellos habían dificultado que pudieran tocar en las grandes ciudades, aunque Malcolm no dijo nada de eso, y nunca supe si era verdad o una manera de justificar la chapuza.

Durante los días previos a su marcha, me corté varias veces, nos peleábamos a menudo. Estábamos alterados y tristes. Separarnos se nos hacía insoportable.

- Nadie irá a veros a Texas. Será una mierda.

- Gracias, Nancy. Ya me siento mejor -rezongó dando un portazo

La gira nos estaba separando y ni siquiera había empezado.

Me eché a llorar y rebusqué en los pantalones de Sid algo que pudiera meterme.

Nancy

Llegó el día y Sid se marchó sin casi despedirse. Me dolió que se largara de aquel modo. ¿Y si no volvía a verlo nunca más? Estaba dispuesta a seguirlos a los Estados Unidos con mi propio dinero. Mis amigos me convencieron de que sería forzar la situación en exceso. Sin Sid estaba perdida en Londres. No sabía qué hacer ni a dónde ir. Tenía poco dinero y demasiado tiempo para pensar. Deambulaba por el centro de Londres, inmersa en la marabunta de crestas y ropas rasgadas, de jóvenes que bebían en la calle y se enfrentaban a la policía. Querían otra realidad social, otro país que no los maltratara, y me parecía bien, simpatizaba con ellos, pero yo solamente aspiraba a meterme algo y no dejarme arrastrar por los pensamientos negros. Me conjuré a trabajar. Atizar hombres de mediana edad vestida de látex era liberador y muy lucrativo y tampoco tenía nada mejor que hacer.

◆——◆——◆

3

Viviendo rápido, muriendo deprisa

Ariadna

Mi viaje a Nueva York, tenía algo de bipolar; por un lado perseguir las huellas de Nancy en su viaje hacia la muerte, y a la vez ir tras los pasos de su presunto asesino, y por el otro, una vertiente mucho más lúdica y sentimental de la mano de mi hijo.

Tardé menos de veinticuatro horas en conseguir el email de Liz Buckley y concertar una cita con ella. Pasaba las vacaciones en Cape May, una población costera de Nueva Jersey y nos invitó a desplazarnos hasta allí y visitarla. Jon se mostró entusiasmado. Estaba más animado lejos de su ambiente, sonreía más a menudo y se mostraba locuaz y divertido, hasta que una sombra se cernía sobre su rostro y le apagaba la sonrisa. Cuando eso ocurría, me esforzaba por lograr que los momentos de gracia se alargasen y que los instantes de tristeza y remordimiento pasaran lo antes posible; sugería una excursión o le llamaba la atención sobre alguien que parecía ser un jugador de la NBA, y que nunca lo era, claro.

- Mamá -se echaba a reír- ese no es Lebron James.

- ¿Seguro? Si es clavado.

Liz Buckley había rebasado limpiamente los setenta. Lucía una apariencia jovial y una sonrisa fresca. Encarnaba perfectamente a la típica abuela americana. Se alojaba en una encantadora casita frente al mar, propiedad de su familia desde hacía tres generaciones, según nos contó. El lugar era de postal. Jon tardó treinta segundos en lanzarse de cabeza al agua. Liz y yo nos quedamos en el porche junto a dos vasos de té helado.

- A ver si lo entendí bien, querida. Estás escribiendo un libro sobre Nancy Spungen.

- Sí.

- Y dices haber visto el vídeo de la entrevista que le hice a ese tal Mike que aseguraba ser su asesino.

- Exacto, bien, una parte muy pequeña de la entrevista. Unos segundos, nada más.

- Esa entrevista es muy antigua. Han pasado más de treinta y dos años, si mal no recuerdo.

- ¿La conserva?

- Seguramente, en algún altillo apolillado.

- Como he dicho, no la visioné entera, solamente vi una parte muy pequeña, una especie de *teaser* para poner la miel en lo labios. Están subastando la cinta a un precio desorbitado.

- ¿Puedo preguntar quién te la mostró?

- Graham, un ex actor que supuestamente vivió en el Chelsea en la misma época que Sid y Nancy.

- El Chelsea era un hormiguero por entonces. Cualquiera podía vivir allí, o pasar algunas noches, o entrar y salir a por drogas, y también cualquiera puede afirmar que estuvo en tal o cual momento, ¿cómo comprobarlo?

- ¿Quién contrató a ese tal Mike para asesinar a Nancy, según su declaración?

- Empezaremos por el principio, querida. Tu hijo lo está pasando fenomenal en la playa y tenemos tiempo.

Nancy

Apenas me llegaban noticias de la gira. No sabía qué estaba pasando ni si les estaban yendo bien las cosas. Una tarde, hora de Londres, Sid me llamó desde un hotel texano. Lloré al escuchar su voz. Dijo que me echaba mucho de menos, que me amaba y que siempre estaríamos juntos. Estar sin mí se le hacía muy duro. Guardé el cuchillo y me curé los cortes.

Sid me quería.

Todo iría bien.

Volvió a telefonear unos días más tardes. Estaba con un travesti. No me lo tomé mal. Tenía derecho a experimentar. Sid necesitaba alguien a su lado, sentirse protegido, que lo abrazaran por la noche. Si alguien que no fuese una de esas zorras *groupies* hacía eso por él, por mí no había problema. Al fin y al cabo era normal que todas estuvieran locas por él, era guapo y era una estrella del rock, pero nadie le daba lo que yo sabía darle, nadie lo comprendía como yo. Ni nadie me comprendía como él. Estábamos unidos de un modo que la mayoría de la gente no experimenta en su vida. Era nuestra suerte y nuestra maldición.

Viv Albertine vino a verme, una o dos veces, no me acuerdo bien. Creo que Sid se lo pidió, le dijo que estuviera pendiente de mí, de que no me sintiera sola. Eso me hizo pensar que Sid me amaba de verdad y que todo se arreglaría entre nosotros a la vuelta.

Viv y Sid eran amigos desde antes de los Sex Pistols. Estuvieron juntos en un grupo mixto, Flowers of romance. Después, ella formó parte de The Slits, un grupo punk femenino. Las vi actuar una vez en Londres. Tenían algo. Creo que Viv estaba medio liada con Johnny Thunders cuando yo llegué a Londres, aunque casi todo el mundo daba por hecho que seguía siendo la novia de Mick Jones, de The Clash. Supongo que salía con los dos. Viv y yo hablamos mucho esa noche. Nos contamos cosas muy privadas. Echaba de menos a Sable y a mis amigas de Philly, añoraba compartir confidencias con otra chica y esa noche de charla con Viv significó mucho para mí. Se lo dije a Sid y él se emocionó mucho.

- Viv es muy buena persona. Es una gran chica.

Estuve de acuerdo.

Nancy

La gira por América fue un infierno que hizo saltar por los aires el grupo y lo que quedaba de la amistad entre Sid y Rotten. Tuvieron problemas en varios lugares. Aquellos paletos sureños no estaban preparados para el punk. Se lo dije a Malcolm un millón de veces.

Vi por la tele una rueda de prensa de Johnny diciendo que el grupo se separaba y que él no quería saber nada más de aquello. Sid lo estaba pasando mal. La última vez que hablamos estaba casi ido, lloraba y solo decía que quería volver a casa y que no podía estar sin mí.

Lo siguiente que supe fue que estaba ingresado en un hospital de Nueva York por sobredosis. Mi primera reacción fue comprar un pasaje de avión, pero los amigos de Sid que estaban con él me aseguraron que saldría en unas horas y que muy pronto estaría en Londres. Esperé hecha un manojo de nervios. Limpié el apartamento siete veces. Quería que todo estuviera impecable, y además no se me ocurría otra cosa que hacer. Me asfixiaba el paso de los minutos. Por si acaso afilé mi cuchillo favorito. No tenía ninguna duda: si Sid moría, yo me iría también de este mundo.

Casi en secreto lo deseaba.

Irme, desaparecer, no sufrir más.

Luego miraba las fotos de Sid que colgaban de la pared, con su torso desnudo, sudando en un escenario y se me pasaba.

Todavía nos quedaban muchas cosas por hacer. La separación del grupo más que una catástrofe, se presentaba como una oportunidad. Solamente tenía que convencer a Sid y planear cuidadosamente nuestros siguientes pasos.

Seríamos inmortales.

Nancy

Sid regresó hecho polvo, física y anímicamente. Los primeros días no lo tuve en cuenta, cabía dentro de lo lógico; el estrés de la gira caótica, la separación del grupo, la sobredosis. Era completamente normal que apenas hablase y que pasara el tiempo durmiendo o viendo dibujos animados. Yo iba a trabajar con Linda, compraba drogas, y regresaba a casa. A la vuelta, Sid no se había movido de la cama.

- ¿Traes algo? -preguntaba casi sin mirarme. Preparaba la heroína, y se la metía, y solo entonces estaba en paz.

Por esos días, emitieron un comunicado oficial que anunciaba la disolución definitiva de la banda. Eso acabó de hundir más a Sid.

Pasó una semana y empecé a preocuparme.

- ¿Qué vas a hacer ahora, cariño?

- Ver la tele.

- Hablo en serio, Sid.

- Yo también.

- Ha llamado tu madre. Quiere venir mañana a pasar el día. Traerá comida.

- No quiero ver a nadie.

- Le he dicho que la llamaremos. No sabía qué diablos decirle. Mírate, das pena. Sidney.

- ¿Que doy pena? -Se levantó de la cama por fin y empezó a tirar todo lo que encontró a su paso y me empujó contra la pared. -¿Y ahora? ¿También doy pena? -bramó totalmente fuera de sí.

- No me das miedo. Pégame todo lo que quieras. Como si eso fuese lo peor que me puede pasar en la vida, maldito gilipollas.

Nos dijimos cosas horribles que no recuerdo, nos golpeamos, arañamos y mordimos. Yo salí peor parada, claro. Mucho más. Él también se llevó lo suyo, por supuesto. El apartamento quedó hecho unos zorros. Al menos Sid había vuelto a la vida. Unos cuantos moratones no eran nada comparado con la pena de verlo hecho un bulto en la cama. Luego lloramos juntos y nos besamos.

- No sé qué hacer, Nancy –gimoteó- no sé qué hacer sin el grupo. Ahora ya no soy nada. No soy nada, joder.

- ¿Cómo puedes decir eso? Eres Sid Vicious.

- ¿Y qué? Eso no significa nada, no sin los Sex Pistols. Yo amaba esa banda. Los seguí desde el puto primer día. Los adoraba. Y cuando

Johnny me propuso entrar en el grupo, fue el día más feliz de mi vida, Nancy, ¿puedes entenderlo?

- Claro que lo entiendo, pero eso ya ha pasado, hay que pensar en el futuro. Tú eras la estrella del grupo, el único al que la gente imitaba. ¿Te has fijado cuántos chicos hay en Londres vestidos como tú, Sid? Eres un icono para ellos, un ídolo del punk. Esto no es el final de tu carrera, mi amor, es solo el principio.

- ¿De veras lo crees?

- Por supuesto que sí. Iremos a Nueva York y actuarás en el Max's y en el CBGB.

- Con Johnny Thunders y Jerry.

- Sí, cariño. Yo lo organizaré todo. A partir de ahora seré tu manager. Me ocuparé de todo, ¿de acuerdo?

- De acuerdo, Nancy.

Se acurrucó en mis brazos y se durmió.

Ariadna

Las olas rompían con creciente intensidad. Jon había alquilado una tabla y estaba surfeando, o al menos intentándolo, con fortuna más bien desigual. Liz se aclaró la garganta y bebió un trago largo de té helado. El rumor acompasado de las olas coreaba las palabras.

- En los setenta esta vieja era una jovencita alocada. Frecuentaba el ambiente del glam rock primero, y del punk después, cuando los chicos duros relegaron el glamour de los zapatos altos y la purpurina. Salía a menudo por el CBGB y el Max's, el Mother's y estuve algunas veces, no muchas en el Chelsea. Era de Jersey, como Debbie Harry, a la que conocí de pequeña. A diferencia de ella, yo seguí viviendo en la ciudad. Iba a Nueva York a divertirme, quizás me quedara a dormir en casa de amigos o conocidos y callejeara por el Bowery, pero a la hora de la verdad regresaba a la tranquilidad suburbial de Jersey. Estudiaba periodismo, aunque iba poco a clase y como todas las chicas de la época, estaba loca por tener un novio músico.

- Esa parte me suena.

Sonrió. Debía haber sido una mujer muy guapa.

- En eso, por ejemplo, me parecía a Nancy Spungen, aunque no recuerdo haber llegado a conocerla. Viví aquella época muy a fondo, pero en cuanto acabé la carrera, mi vida cambió por completo. Se puede decir que me reformé. El punk ya no era más que un reclamo comercial. Sid Vicious estaba muerto y los jóvenes cambiaban de tendencias. Tuve una hija, me casé, y viví un tiempo en Chicago. Me olvidé de todo aquello, la verdad. Formaba parte de un pasado brumoso, hasta que un día, a mediados de los ochenta, cuando ya estaba de vuelta en Nueva York y trabajaba para una cadena de televisión local de mucho éxito, me llamó alguien de aquella vida.

- ¿Quién? ¿Mike?

- No, una mujer llamada Cindy. Tuvo un bar de vida efímera en el Bowery a finales de los setenta. Me llamó a la redacción, dijo que alguien le había contado que yo era periodista y que tenía una historia sensacional. No es que nos conociéramos mucho, tenía un vago recuerdo de ella, de haber coincidido alguna vez, ni siquiera estoy segura de haber llegado a pisar su bar. En fin, quedamos en una cafetería de la Quinta Avenida. Al principio, ni la reconocí. Estaba hecha un asco. Era evidente que las drogas la habían destrozado, y empecé a sospechar que su historia sensacional podría ser un fraude. Me contó que un amigo suyo, el tal Mike, le había confesado ser el asesino de Nancy Spungen, que quería librarse de ese peso y contar su historia al mundo. Me imaginé que su amigo sería otro drogadicto, y en efecto, lo era. Tenía miedo, me dijo, y exigía salir con la cara difuminada. Su versión era que alguien le pagó para matar a Nancy, y relanzar la carrera de Sid sin su influencia nociva.

- ¿Alguien como Malcolm?

- No lo dijo, es lo que yo pensé, o tal vez un directivo de Virgin. Al parecer, le enviaron un sobre con dinero y las instrucciones. Una vez muerta Nancy, llegó más dinero.

- ¿Y cumplieron?

- Sí. Cuatro mil por adelantado y seis mil después.

- ¿La entrevista se emitió? No he encontrado ninguna referencia a ella.

- No. Mis jefes dijeron que aquello no le interesaba a nadie en pleno 1986 y que además tampoco Mike era capaz de aportar datos concretos sobre quién lo contrató. Mike no se lo tomó bien. Esperaba que la cadena le retribuyese generosamente y los trescientos dólares que le di de mi propio bolsillo le cayeron como un insulto. Pocos días después, alguien entró en mi casa y lo puso todo patas arriba. Supuse que era cosa de Cindy y Mike. Guardé la cinta a buen recaudo, por si acaso. Recuerdo que esperé durante mucho tiempo que Mike apareciese en algún programa de televisión, contando su historia, pero no ocurrió nada, y aunque parezca mentira, me olvidé del asunto.

- ¿Y no supiste más de Mike o Cindy?

- No, nunca.

- ¿Cómo apareció la cinta en un trastero de Brooklyn? ¿Había más copias?

- En principio, no, pero sospecho que mi ex yerno pudo hacer alguna. Era un bala perdida, un mal hombre que pegaba a mi hija. El trastero era suyo. Debió dejar de pagar y lo subastaron.

- ¿Dónde está ahora su ex yerno?

- Vivía en Delaware, es lo último que sé. Estaba teniendo muchos problemas con la bebida. Dormía en la calle. Ignoro si sigue vivo.

- Entonces no sabe cuántas copias puede haber.

- No tengo la menor idea, querida.

- ¿Me dejaría ver la cinta?

- Te haré una copia. No me parece bien que alguien se esté lucrando a costa de una entrevista mía, y menos de una que ni siquiera se emitió.

- Muchas gracias, Liz. Y antes de despedirnos, la pregunta de rigor.

- ¿Es quien creo que mató a Nancy?

- Eso es.

- No sé por qué, siempre he pensado que se suicidó.

Nancy

Malcolm todavía pensaba que podía manejar a Sid. Le dejé claro como estaban las cosas.

- Yo soy su manager, idiota. A ver si te enteras.

- Pues si eres su manager, convéncelo de que participe en el proyecto que tengo con Julien Temple. Será beneficioso para todos.

- ¿Qué tendría que hacer Sid?

- Una entrevista en Hyde Park. ¿Crees que será capaz?

- Lo intentaré.

Hizo la estúpida entrevista. Ese día Sid estaba fatal y creo que fue una idea nefasta. Malcolm y Julien se empeñaron y yo no tenía fuerzas para pelearme con ellos.

Poco después fuimos a París con Julien y Malcolm a rodar unas escenas para una película que estaban preparando.

La gente se ponía muy nerviosa con la camiseta de la esvástica que llevaba Sid. A él le encantaba. No porque el símbolo en sí tuviera ningún sentido especial para él, Sid no era nazi, todo lo contrario. Por el amor de Dios, mi familia era judía. Le gustaba la provocación y cuanta más gente lo odiaba, lo escupía y lo insultaba por llevar la camiseta, más orgulloso se sentía.

- El punk es esto -decía sonriente- ponerlo todo del revés, agitar las cosas, buscar las cosquillas.

En París el asunto de la esvástica se salió completamente de madre y se formó un gran alboroto. Rodaron en el barrio judío de París y la gente se puso como loca contra Sid. No entendían la provocación y la rebeldía que había en su actitud, no captaban la ironía. Las grabaciones y las sesiones fueron un coñazo. Sid no quería trabajar con aquellos músicos franceses y trajeron a Steve Jones. Julien y Malcolm andaban todo el día detrás de él insistiendo en que hiciese esto y aquello, y Sid estaba harto de los dos. Pero París nos encantó. En los momentos de paz nos besamos en todos los puentes del Sena. Sid me hizo un montón de regalos y cenamos en sitios caros. Llamé a mi madre para contárselo. Era importante para mí que supiera que mi vida en Europa era exitosa, que tenía el amor de Sidney y éramos famosos. Como siempre, no pareció emocionada.

De no ser por Malcolm, París habría sido aun más hermoso y nuestros días más románticos. Fuimos muy felices allí. Estaba tan contenta que necesitaba compartir mi alegría, gritarla a los cuatro vientos. Había estado tan sola que no podía creer la suerte que tenía de amar y ser amada, de vivir la vida con Sid.

Tuvimos otro enfrentamiento con Malcolm en París. El muy cretino creía que bromeaba cuando le decía que yo era la manager de Sid. Le pedimos que firmara un papel diciendo que ya no era su manager y se cabreó. Insultó a Sid y acabaron a puñetazos. El proyecto de la película y las grabaciones estuvieron a punto de irse al traste.

Malcolm creía que podía hacer renacer a los Sex Pistols, con Sid de cantante. Le llenaba la cabeza a Sid con fantasías sobre el grupo que ya no tenían ningún sentido.

Al final la grabación de «My way» resultó un éxito. Sid y Steve hicieron unos arreglos magníficos y la canción se convirtió en un éxito. Aquello animó mucho a Sid.

- ¿Lo ves? No necesitas a los Sex Pistols. Eres Sid Vicious y eso nadie te lo podrá quitar.

- Y te tengo a ti a mi lado, que es lo más importante. Te amo, Nancy y si te vas de este mundo pronto, me iré contigo. Lo prometo.

Nancy

Enfermé en los últimos días que estuvimos en Francia. Sentía unos dolores insufribles en los ovarios. Resultó que se trataba de una infección tan fuerte que incluso tuvieron que hospitalizarme durante unos días, a nuestro regreso a Londres. Sid no se separó de mí ni un momento. Se quedaba a dormir en el hospital. Entre el sopor de los medicamentos abría los ojos, y veía sus largas piernas estiradas y las punteras de sus botas, y me volvía a dormir tranquila, a sabiendas de que mi Sidney velaba por mí.

- No me moveré de aquí, pequeña, no te preocupes -murmuraba tomándome la mano. Me dieron el alta y volvimos a casa. Sid me cuidó con verdadero esmero. Fue tan dulce y atento. Me preparaba la comida, me daba las medicinas, se aseguraba de que no me subiese la temperatura y me tocaba canciones para entretenerme. Llamamos a mamá. Le pedí que viniera. La echaba de menos. Me dijo que sí, que ella también quería verme y que miraría los vuelos. Le expliqué lo bien que me estaba cuidando Sid. Era importante para mí que supiera que tenía a mi lado al hombre más maravilloso del mundo y que nos amábamos de verdad.

◆———◆

Nancy

Cada vez tenía más claro que nuestro futuro estaba en Nueva York. Sid no paraba de hablar de que Dee Dee estaría en su grupo con Johnny Thunders. Sus dos ídolos juntos. Sería un sueño hecho realidad. No teníamos dinero para ir a Nueva York. En realidad, no teníamos dinero para nada en absoluto. Mi estado no me permitía trabajar y decidimos apuntarnos a un programa de metadona. Por esa época, Rotten recuperó su nombre verdadero, Lyndon y no sé cómo, Sid y él volvieron a estar en contacto.

- ¿Qué te parece si monto algo con Johnny?
- Mientras tú seas el cantante, me parece genial.

Al final, aquello quedó en nada, pero al menos recuperaron parte de su amistad. Yo no tragaba a Rotten y él a mí tampoco, pero Sid le apreciaba.

Después de los Sex Pistols muchos de los «amigos» de Sid desaparecieron. Todos esos que lo adoraban y le hacían la pelota mientras formaba parte del grupo, de repente ya no estaban. Cuando de verdad necesitamos ayuda, nadie hizo una mierda por nosotros. Nos dejaron tirados, completamente abandonados.

- Son un par de yonquis -murmuraban-. Y nos daban la espalda.

La cuestión es que antes también lo éramos y todos se morían por formar parte de nuestro círculo de amistades.

Era obvio que solamente nos teníamos el uno al otro.

Éramos los dos contra el mundo.

Nancy

A veces, la gente con la que menos cuentas es al final la que acaba estando ahí en las situaciones más comprometidas. Ese fue el caso de Glen Matlock, el bajista al que Johnny echó de los Sex Pistols para que Sid entrase en la banda. Vivíamos en el mismo barrio y de vez en cuando nos topábamos con él por la calle, en el pub o en la tienda. Sid y él no habían tenido apenas relación, por lo que no tenían ningún motivo para llevarse mal. Nos saludábamos y poco más. Una noche en el pub, compartimos mesa y pintas. Era un tío bastante simpático. Por lo menos mucho, más que Rotten. Sid y Glen empezaron a hablar de música y una cosa llevó a la otra y casi sin darnos cuenta estaba surgiendo el proyecto de formar un grupo: The Vicious white Kids.

¡Otro grupo!

No me parecía del todo mal, siempre y cuando Sid fuese el solista y la estrella absoluta. No tenía nada en contra de que Glen tocase el bajo. Era un buen músico y eso permitiría a Sid centrarse en lo verdaderamente importante, cantar. Glen propuso a otros músicos amigos suyos para acabar de formar la banda. Estaba entusiasmado, y no digamos Sid. Parecía un niño pequeño al que de repente han invitado a una fiesta. Le brillaban los ojos. Me gustaba verlo así, de nuevo contento, con ganas de empezar proyectos. Era importante que entendiera que el mundo no se acababa con los Sex Pistols. Glen puso sobre la mesa los nombres de Steve New a la guitarra, y Rat Scabies a la batería. En medio de la euforia, me apunté al festín. Sería la corista de la banda. No sé lo que pensaban los otros y lo cierto es que me importaba un cuerno, pero a Sid le hacía una ilusión tremenda que yo subiese al escenario con ellos, que compartiéramos al cien por cien todo: la música, las drogas, el amor y el dolor.

◆

Ariadna

Liz Buckley me habló del hijo de Cindy, Ryan o Brian, regentaba una casa de apuestas en la Octava Avenida. Jon y yo cambiamos la placentera expedición a la costa de Jersey por una ruta por los lugares sagrados del punk neoyorkino. Pasamos por delante de lo que fue el CBGB y el Max's y naturalmente hicimos un recorrido por el Chelsea. Incluso nos permitieron entrar en la habitación 100, en la que Nancy murió apuñalada la madrugada del 12 de octubre de 1978. Por fortuna, estaban preparando la habitación en aquel momento. Naturalmente, no tenía nada que ver con las fotos de la escena del crimen que había visto en las últimas semanas. El recepcionista nos hizo una ruta por el edificio en el que además de Sid y Nancy, vivieron otras figuras de la música como Leonard Cohen, Keith Richards, Patti Smith, Janis Joplin, Bob Marley, y de las letras como Dylan Thomas que murió alcoholizado allí en 1953, Allen Ginsberg, Jack Kerouac, Bukowski y mucha gente del cine. Parecía adiestrado en repetir las mismas anécdotas de la lista interminable de huéspedes ilustres. También pasamos por delante del bajo en el que Nancy vivió durante su primera etapa en Nueva York, en la calle 23, apenas a media manzana del Chelsea, antes de marcharse a Londres.

La casa de apuestas seguía abierta en la Octava Avenida, aunque Ryan, o Brian, Liz no estaba muy segura, no estaba allí. Pregunté por él. El encargado se rascó la oreja.

- Se refieren al tipo que me traspasó el negocio, Ryan Benedict.
- Probablemente sí.
- No lo he vuelto a ver desde que firmamos los papeles hace once años.
- ¿Tiene alguna dirección?
- Tendría que mirarlo.
- Si es tan amable, se lo agradecería mucho.

El encargado de la casa de apuestas se tomó su tiempo, volvió pasados cuarenta minutos con un post-it amarillo y una dirección garabateada.

- Aquí tiene, no sé si seguirá viviendo ahí.

Le di las gracias efusivamente. La dirección era de un apartamento modesto, en Harlem. Jon abría los ojos como platos, cuando salimos del metro.

- Ostia, estamos en Harlem. Qué flipante.

La zona no era especialmente conflictiva, más bien multirracial y populosa. Abundaban las tiendas de licores, de móviles y de comida africana. No daba la impresión de que en un momento dado, un pandillero pasara a bordo de un coche oscuro y disparase a un camello al ritmo de un rap atronador.

- Es la zona buena de Harlem -nos explicó un comerciante rastafari, con acento jamaicano o haitiano. No se aventuren ocho o diez manzanas más hacia el este, la cosa cambia radicalmente.

Tomamos buena nota. Jon liquidó su lata de Coca-Cola con vainilla y entramos en el bloque al mismo tiempo que una joven de color que empujaba un carrito de bebé.

- Buscamos a Ryan Benedict, ¿lo conoces?

- Ryan -mascó el chicle- sí, no tiene pérdida. Es el único blanquito del edificio, sonrió. -Vive en el apartamento 29A.

Nos abrió la puerta un hombre de pelo cano, muy delgado, que parecía a punto de extraviarse dentro de unos pantalones grises que le iban muy grandes. Expliqué quién era y qué hacía allí.

- ¿Han venido desde Barcelona? Pero eso está muy lejos.

- Sí, bastante.

- Pasen, por favor.

Nos sentamos en un salón diminuto, muy limpio y arreglado.

- Solo tengo limonada. ¿Les apetece?

- Estamos bien. No se moleste, gracias.

- Recuerdo todo aquello. Mike era un pobre desgraciado. Mi madre no es que fuese muy diferente, sí que tenía como decirlo, más picardía, era una superviviente. Mike era simplemente bobo, un tipo sin personalidad que se dejaba llevar. Toda esa milonga del asesinato de la novia de Sid Vicious, me pareció siempre una locura.

- ¿Cree que se lo inventó?

Se encogió de hombros.

- Quién sabe. Mike no estaba bien, tenía delirios. Es imposible saber si decía la verdad o si era una fantasía. No creo que mintiera, si lo decía, seguramente era porque se lo creía, pero eso no quiere decir que fuese cierto. Después que esa periodista les diese con la puerta en las narices, mi madre y Mike siguieron con la misma historia. Pasearon su versión de la muerte de Nancy por todas las redacciones de Nueva York. Nadie les hizo el menor caso. Unos años después, cuando mi madre ya había muerto, Mike apareció por la casa de apuestas, me dijo que por fin le habían escuchado, que lo iban a entrevistar en un programa de alcance nacional. Me alegré por él. Esperé ver la entrevista, y no llegó.

- ¿Era otra fantasía?

- No lo sé. Tres semanas después encontraron su cuerpo flotando en el Hudson.

Nancy

El concierto estuvo muy bien, teniendo en cuenta que en pleno verano en Londres era complicado llenar una sala. La idea era hacer un único concierto que nos diese dinero suficiente como para largarnos a Nueva York. Hacía semanas que no soñaba con otra cosa que regresar a casa y restregarles por la cara Sid, nuestro éxito y nuestro amor a todos los cabrones que me trataron mal, se rieron de mí o hablaron a mis espaldas. Se iban a enterar.

Sid necesitaba un nuevo entorno. Londres siempre llevaría la impronta de The Sex Pistols, siempre le recordaría que el grupo se había disuelto, algo que le costaba encajar más de lo esperado.

Si quería ser grande como cantante, tenía que dejar atrás todo aquello. Nueva York era el lugar y el concierto de Candem nos proporcionaría el pasaporte para regresar a casa por todo lo alto.

Sid estuvo magnífico. Cantó su fabulosa versión de «My way» y yo hice los coros.

Fue una noche memorable.

Nancy

Por fin volví a casa. Me refiero a Nueva York, no a Philly, aunque la vuelta implicaría ver a mi familia, tarde o temprano. Antes de irnos, llamé a mamá y la puse al corriente. Enviaría algunas de nuestras cosas a casa, para que nos las guardasen mientras nos instalábamos. En el fondo deseaba reencontrarme con ellos, ver sus caras de asombro cuando conociesen a Sid. Las noticias que llegaban de él a los Estados Unidos no ensalzaban precisamente su talento. Todas hacían referencia a peleas, drogas y escándalos. A los periódicos les interesaba la parte sucia y violenta del punk, era su forma de neutralizarlo, de hacer que pareciera un movimiento de cuatro mugrientos drogadictos. Para mí era fundamental que mis padres y hermanos, pero sobre todo mamá, conocieran al auténtico Sid, que supieran lo tierno y gracioso que podía llegar a ser y lo mucho que nos amábamos.

Mi familia no era la primera preocupación, teníamos que encontrar un lugar donde alojarnos y empezar a movernos por el ambiente musical de la ciudad, anunciar a los cuatro vientos que Nancy Spungen volvía a casa y que traía de la mano nada más y nada menos que a Sid Vicious.

Teníamos muy claro que ninguno de los dos viviría más allá de los veintiuno. No nos quedaba demasiado tiempo, así que había que aprovecharlo, dar el gran golpe de efecto antes de dejar este mundo y no hay un lugar mejor en la tierra que Nueva York para hacer algo grande.

El Bowery seguía siendo reducto de extraviados, delincuentes y colgados, el lugar al que iban a parar todas las almas perdidas de la costa este, el vertedero de los sueños. Muchos de mis amigos de antes estaban desaparecidos, otros eran muertos vivientes, algunos habían ido a parar a la cárcel, y algunos eran estrellas rutilantes como Debbie, a la que ya habíamos visto en Londres.

Alquilar un piso en Nueva York en aquella época y con el dinero que teníamos era imposible. El agujero más apestoso era prohibitivo. Decidimos alojarnos en el Hotel Chelsea, había algunos amigos míos viviendo allí como Neon Leon, además era barato, estaba cerca de los clubs de punk y lo más importante, había varios camellos rondando por allí día y noche.

El Chelsea sería nuestro hogar y nuestra base de operaciones.

Me di cuenta en los primeros días de regresar que yo ya no era la misma Nancy que se marchó de allí un año y medio antes. Había visto mucho, había vivido mucho, amado mucho, tomado muchas drogas y viajado. Era más sabia, más mayor, más vacía de esperanzas. Creo que me di cuenta en Nueva York que ni todo el amor del mundo podría salvarme. Me sentía afortunada por amar a Sid y ser amada profundamente por él, pero el amor, al contrario de lo que un día pensé, no era un salvavidas, ni una salida del infierno. Por fin lo comprendí.

El infierno estaba dentro de mí.

Ariadna

S alimos del metro en la estación de la 51. Empezaba a oscurecer. Jon volvía a estar preocupado. Consultaba el móvil cada diez segundos y fruncía el ceño.

- ¿Todo bien, cariño?

Asintió sin mucha convicción.

- ¿Qué te parece si cenamos en el hindú que te gustó tanto?

- Vale -dijo en el mismo tono mustio.

Bajamos por la Avenida Lexington. Por fin corría algo de aire después de un día de calor infernal.

- Y yo que me quejaba de la lluvia de Londres.

Jon volvió a mirar la pantalla del teléfono, y el reflejo de la luz alumbró fugazmente una sombra que pasó por detrás de mi hijo. Corrí hacia la sombra.

- ¿Qué pasa, mamá?

- No lo sé. Me ha parecido...

- ¿Qué?

- Nada. No es nada. Será mejor que nos demos un poco de prisa. El restaurante se pone imposible a esta hora.

Cogí a Jon de la mano y aceleré el paso, sin dejar de mirar a todas partes. La angustia crecía por momentos. Trataba de no contagiar a Jon, pero por su mirada era obvio que no lo estaba consiguiendo.

- ¿Me vas a decir qué pasa?

- Me ha parecido ver a alguien antes, siguiéndonos.

- Anda ya, mamá. No te flipes -esbozó una sonrisa vacilante, que pretendía insuflarme ánimos.

- Necesito una ducha, Jon. Coge mesa y ve pidiendo algo de picar.

Doblé la esquina de la 50th a toda prisa y entré en el vestíbulo del hotel como un disidente del telón de acero en una embajada americana. Me di una ducha rápida. La «sombra» tal vez solo existió en mi imaginación, o quizás se tratara de un simple ratero acechando a turistas incautos, pero en honor a la verdad no podía descartar que tuviese que ver con la dichosa entrevista que Liz Buckley le hizo a Mike y por la que algún desaprensivo estaba montando una subasta millonaria. Una subasta que yo podía echar a perder si hacía pública la cinta original.

Me dije, mientras me secaba frente a las vistas arrebatadoras del Manhattan nocturno, que tal vez me estaba pudiendo la imaginación. Por si acaso, me vestí, bajé a recepción y contraté una caja de seguridad, metí en ella la cinta que me dio Liz y salí camino al restaurante relajada y satisfecha de mí misma.

La cena fue estupenda. El humor de Jon mejoró y disfrutamos de la comida y la charla. Nos hicimos un *selfie*, con los rascacielos iluminados a nuestra espalda, sonrientes. Jon me mostró el resultado.

- Qué guapos estamos -dijo- la voy a subir a Instagram para presumir de madre.

Llegamos al hotel bromeando y nos despedimos en el pasillo.

Al encender la luz, me quedé perpleja. Mi habitación parecía un campo de batalla. La habían vuelto del revés, y esparcido mi equipaje y mis cosas.

Supe que había llegado el momento de largarse de Nueva York. No podía permitirme poner a Jon en peligro. Me lo llevé a Nueva York para alejarlo de sus problemas y de la influencia de Edi, para hacerle entender que debía ir por la vida con honestidad y valentía, y había sido tan necia de poner a mi hijo en peligro por una cinta que en realidad no aportaba ningún dato relevante para la resolución de la muerte de Nancy, que no era más que un simple vehículo destinado al lucro puro y duro. Las últimas informaciones sobre la subasta de la cinta indicaban que el precio ya superaba los 200.000 dólares y todavía quedaban cuatro días de puja.

Nancy

Sid estaba un poco fuera de juego en Nueva York, más despistado si cabe de lo que ya era. No conocía las normas y metía la pata constantemente. Eso me irritaba bastante, ya que me obligaba a estar pendiente de él a todas horas, y aunque me encantaba cuidarlo, al fin y al cabo era un niño grande, se me hacía muy duro ocuparme de él, conseguir dinero, conseguir drogas y moverme para lograr conciertos. Si lo dejaba solo más de un par de horas, no tardaba ni cinco minutos en meterse en problemas. No conseguía entender que en Nueva York la gente es dura de verdad. Allí no había Teddy Boys con abrigos de paño persiguiendo punks, pero mejor que te lo pensaras dos veces antes de mirar mal a alguien o te partían la cara antes de que pudieras abrir la boca. Tenía miedo por Sid. Se iba con el primer camello que conocía sin saber a dónde lo llevaban. Más de una vez apareció apaleado en un edificio en ruinas, desplumado sin el dinero ni las drogas. Y entonces se enfadada conmigo, me echaba en cara que no lo cuidaba.

- ¿Por qué cojones me has traído a esta ciudad de locos?

- ¿Por qué? -Agarré una botella vacía la tiré contra la pared. Estaba furiosa. Había ido a buscarlo a la otra punta de la ciudad caminando y con el mono. Me pasé más de dos horas andando y otras dos horas y media para traerlo casi arrastras y encima me venía con ésas.

-Porque quiero seas una jodida estrella, Sid, por eso y en Londres ya no ibas a conseguir nada. El punk ya no existe, ahora es un negocio. Venden camisetas rotas con tu imagen y nosotros no podemos quedarnos al margen como un par de desgraciados. Tenemos que ser listos, cariño, aprovechar el tirón.

- No sé si tengo fuerzas, Nancy.

- Solo necesitamos chutarnos y nos sentiremos mejor. Ya lo verás. Quédate aquí, por favor. No salgas. Duerme un rato o pon la tele. Antes de la hora de cenar estaré de vuelta. Te quiero.

- Y yo a ti, Nancy, más que a nada en el mundo.

◆━━━◆━━━◆

Nancy

Algunos se morían de envidia al verme con Sid del brazo. Las *groupies* que despotricaban de mí, que se burlaron de forma cruel cuando no era más que una cría recién llegada a la ciudad, ahora esquivaban la mirada. Alguna incluso tuvo la desfachatez de intentar congraciarse conmigo.

- Yo soy la novia y la manager de Sid Vicious, ¿quién eres tú pringada de mierda? -le espeté a una de ellas que no contenta con pretender hacerme la pelota, se atrevió a coquetear con mi chico.

También hubo gente que se alegró de verme y que no dudó en echarnos una mano. Terry Ork fue uno de ellos. Programaba conciertos en el Max's y recurrí a él en varias ocasiones. Si le pedía Tuinales para Sid, me los conseguía sin problema. Otros músicos que también tocaban por allí se enteraron de que Sid y yo estábamos en la ciudad y se apuntaron a tocar con él. Tuvimos que hacer una selección, algunos de ellos se creían mejores que Sid, tenían envidia de su fama. Otros, como Steve Dior, siempre estuvieron a nuestro lado, apoyándonos. El ambiente punk de Nueva York se había deslucido en aquel tiempo. Los grupos ingleses les habían ganado la partida, y aunque para el gran público seguían siendo bastante desconocidos, en los corrillos de Nueva York todos conocían a Sid y a los Sex Pistols, y le temían por su fama y por la aureola de violentos con la que la nauseabunda prensa inglesa se había dedicado a difamarlo. Cuando le conocían en persona, la mayoría se daban cuenta de que Sid era un encanto, un chico afable y con un gran corazón, aunque siempre había alguien mezquino y envidioso, con ganas de provocarlo, que lo retaba y ahí empezaban las dificultades.

Por desgracia la mala fama de Sid llegó a oídos de mi familia. Yo había intentado, a través de cartas y llamadas, que tuvieran una visión más realista de Sid, pero no estaba muy segura de lo que pensaban y mucho menos de lo que esperaban encontrarse. Los días previos a nuestra visita estuve muy ansiosa y discutí con Sid en varias ocasiones. Él también estaba tenso, quería causarles una buena impresión. Significaba mucho para él. Nunca había disfrutado de un entorno familiar tradicional, y era algo que siempre echó en falta, tener hermanos, padres con un trabajo estable, un dormitorio grande, regalos.

- No creas que es tan maravilloso, amor.

- Eso lo dices porque tú lo has tenido todo.

- ¿Todo? ¿Bromeas? Estuve interna en «centros y colegios para chicos raros» desde los diez años. Yo solo quería vivir en casa, con mis padres y mis hermanos, sentir que me querían.

- Te quieren, Nancy.

- ¡Qué sabrás tú!

- Si son tan terribles, ¿por qué vamos a verles?

- Porque necesito que vean que lo he conseguido, que he salido adelante por mí misma y que he encontrado a alguien que me ama de verdad. Y porque a veces, los echo de menos, aunque la mayor parte del tiempo, me alegro de tenerlos lejos. No lo sé. Es raro y contradictorio.

- ¿Les gustaré, Nancy? Odiaría decepcionarlos.

- Claro que les gustarás. Eres Sid Vicious.

- Por eso mismo, cariño, no lo tengo nada claro.

Los problemas para reclutar músicos que no fuesen prepotentes también complicaba las cosas. Sid estaba incómodo.

- Hace un calor insoportable en esta puta ciudad -se quejaba empapado en sudor con la cabeza pegada al ventilador- creo que me moriré, Nancy.

Yo también tenía calor, naturalmente, aunque estaba mucho más habituada y además no podía pasarme el día quejándome, tenía trabajo que hacer. Desplegué todos mis recursos y conseguimos músicos decentes para los conciertos del Max's, y si funcionaban, repetiríamos con ellos en octubre en Philly.

Por fin, tomamos el tren destino a casa.

Vería a mis padres después de dieciocho meses de ausencia.

Nancy

Sid vomitó dos veces en el tren. Estaba histérico. Nunca lo había visto tan nervioso. Papá y mamá vinieron a recogernos a la estación de Philly. Los vi mucho antes de que ellos nos vieran a nosotros. No destacaban entre la gente, formaban parte de una misma tribu, con peinados parecidos, ropas parecidas, vidas parecidas. Sid y yo éramos los alienígenas allí. Me sentí de nuevo como si tuviera catorce años y deseé de salir pitando, subir al tren y regresar a Nueva York. En el Bowery nadie era demasiado extraño. Todo estaba permitido y nadie te juzgaba.

La expresión de mis padres cuando nos reconocieron fue un poema. Vi en sus ojos el desconcierto y quise atribuirlo a mi cambio físico. Ya no era la chica regordeta que se marchó a Londres, pesaba unos diez o doce kilos menos, y llevaba el pelo teñido. Me sentía mucho más atractiva y sexy, al menos en mi mundo. En el suyo, seguía siendo un elemento discordante. Sus miradas se posaron en Sid. Impresionaba a primera vista, tan alto, con el pelo de punta y vestido de cuero y comprendí que no estaban acostumbrados como yo a codearse con estrellas de la música. El atuendo y el magnetismo de mi novio lo hacían sobresalir entre la muchedumbre como un polluelo en la selva amazónica. Todo el mundo lo miraba y algunas personas se apartaban a su paso.

Mis padres parecieron alegrarse sinceramente de verme, y yo, pese a todo el dolor que me habían causado, de verlos a ellos, sobre todo a mamá. Nos abrazamos emocionadas. La quería, y sentí que ella también me quería.

Ver mi casa me ocasionó una honda impresión. Seguía siendo bella e imponente, y se me formó un nudo en la garganta. Entre esas paredes derramé muchas lágrimas, demasiadas. Pasé ratos horribles, de pesadillas, desazón y miedos que no le deseo a nadie. También hubo momentos felices, aunque no tantos como sería de desear. Todo el barrio era un remanso de paz y bienestar burgués. Sid se quedó boquiabierto.

- Ostia puta -murmuró- esto es enorme, Nancy.

Lo miraba todo embobado, como un crío al que llevan a un parque de atracciones. Adoraba eso de Sid, su capacidad de asombro, esa pizca de inocencia infantil que conservaba todavía, aunque cada vez quedaba menos de ella, cada vez la amargura ganaba más terreno en su corazón. Sid alucinó con la piscina.

- Nunca había estado en una casa que tuviera piscina. Ni que esto fuera un hotel. Qué pasada, joder.

Disfrutó de lo lindo e hizo buenas migas con mi hermano David, aunque el sol no le sentó nada bien a su pálida piel británica. Le cogió un gran cariño a mamá. Todo le parecía sorprendente y acogedor; la casa, la excelente comida casera. Eran cosas que él no tuvo y que de algún modo ahora podía disfrutar y estaba radiante. Sid y David tocaron la guitarra y luego vimos fotos, las del álbum que yo llevaba conmigo para que comprendieran el alcance de la fama y la importancia de Sid y se enorgullecieran de nosotros, y también fotos familiares antiguas.

Por la tarde nos llevaron al Holiday Inn de Philly donde nos habían reservado habitación para aquellos días.

- Te dije que todo iría bien.

- Tu familia es genial, cariño. Sobre todo tu madre.

Sid sonrió, y se durmió con la tele encendida y un botellín de vodka derramándose sobre su pecho.

Ariadna

Las cuentas entre Edi y yo hacía tiempo que estaban saldadas. Ya no importaba en absoluto quién hirió más a quién, o quién golpeó más fuerte. A lo largo de los años, nos quisimos mucho y nos hicimos mucho daño.

El cenit del grupo coincidió con nuestro peor momento. Nuestras vidas eran diametralmente opuestas, él viajaba, componía, salía de fiesta y llenaba recintos con su banda, y yo llevaba a Jon al colegio, al parque, compaginaba dos empleos y apenas tenía un rato libre para mí.

Me enteré de que estaba saliendo con una actriz mexicana leyendo una revista en la peluquería.

Aquello colmó el vaso. Nos separamos de manera oficial, oficiosamente ya lo estábamos. El romance con la explosiva actriz de culebrones duró dos o tres meses que fueron muy duros para mí, perdí mucho peso, contraje una pulmonía aguda y la baja obligada me dejó sin uno de mis empleos. Me negué en redondo a pedirle dinero a Edi y me trasladé a casa de mis padres con Jon en vista de que me era imposible afrontar los gastos yo sola.

Una tarde lluviosa, llamaron al timbre. Era Edi. Mi padre dudó entre abrazarlo o soltarle una galleta.

- Eres un impresentable. Espero que hayas venido a disculparte con Ariadna. Si has venido para alguna otra cosa, no cruces esa puerta.

Sus disculpas cayeron en saco roto. Lo eché sin contemplaciones.

Como casi todos los artistas que están tocados por una varita mágica, sacó partido de la ruptura en forma de varias canciones prodigiosas que coparon las listas de éxito y sonaron en todas las radios.

No tenía bastante con lidiar con todos nuestros problemas, además me tocaba escuchar a todas horas su voz que lamentaba haberme perdido.

Era insoportable.

La fiebre creativa se prolongó durante dos álbumes que marcaron el punto más alto de la banda en cuanto niveles de popularidad y de madurez musical.

Para entonces, habíamos recaído un par de veces sin que eso significara que nuestra relación recuperase el estatus anterior. Jon y yo ya no vivíamos con mis padres, ni tampoco con Edi. Teníamos nuestro propio piso y nos las arreglábamos bastante bien. Edi insistía en que debíamos volver a estar juntos, yo me negaba y a los dos días, lo veía con alguna otra. Era un bucle del que no salíamos nunca.

En plena gira, Tote, su amigo del alma desde los diez años, y guitarra del grupo, murió en un accidente de moto.

Aquello fue una estocada tremenda para Edi, el final del grupo y el nuestro. Cayó en una depresión de la que no había forma de rescatarlo. Se refugió en la coca y en el alcohol, se transformó en un hombre amargado. No tocaba, no componía. Solamente se metía coca y bebía hasta la inconsciencia día tras día.

Yo había conocido unos meses antes a Pau, un ingeniero de sonido encantador que me hacía sentir en las nubes. Teníamos un sexo espectacular y muchas aficiones en común. Jon y él se estaban conociendo y cada vez se entendían mejor. Por primera vez en muchos años, me sentía viva y feliz.

Casi a la vez, Edi tomó la costumbre de aparecer borracho en mi portal y llamar por teléfono llorando a las dos de la mañana. Las tensiones con Pau no se hicieron esperar y poco a poco envenenaron nuestra relación.

Todavía no sé muy bien cómo, me vi cuidando a Edi, acompañándolo a rehabilitación y preparando comida decente. Estaba hecho un despojo. No tuve coraje de dejarlo solo en aquel pozo y él se agarró a Jon y a mí, fuimos su tabla en el naufragio. Nos mudamos a su casa. Éramos una familia más bien disfuncional, pero salimos adelante. Yo trabajaba muchas horas, Edi se recuperaba poco a poco y cuidaba de Jon.

- Me he perdido tantas cosas.

Así pasamos casi cinco años, en una paz relativa. Edi componía sin presión, como un divertimento, colaboraba con alguna banda joven o en un disco de homenaje, aunque en general se mantenía bastante alejado del mundillo musical y estaba limpio, a excepción de algún porro y unas cervezas ocasionales. Ejercía de padre y en menor medida, de marido. Las heridas no se curan por arte de magia. Lo seguía queriendo, pero algo dentro de mí había cambiado. No éramos las mismas personas. Estaba enredada en una relación insatisfactoria, sacrificándome por mi amor de juventud y por mi hijo, y relegando mi felicidad, pero no sabía cómo cambiar aquella dinámica. Edi parecía estar bien y Jon era feliz. Mi porción de felicidad debía esperar.

A finales de 2012 empezaron los rumores sobre un reencuentro de la banda con la excusa de un concierto de homenaje a Tote. Su viuda y sus hijos pasaban por apuros económicos graves y la recaudación sería íntegramente para ellos. Edi dijo que sí sin pensarlo un segundo y a mí me pareció una buena idea. Los ensayos le devolvieron la vitalidad y el brillo en la mirada. Una cosa llevó a la otra y el concierto único se convirtió en una pequeña gira por teatros. En 2014 el grupo había vuelto de manera oficial y antes de acabar el año, tenían disco con material nuevo y otra gira, esta mayor, en perspectiva de cara a 2015.

Edi era otra vez Edi y yo me quedaba de nuevo en casa con un hijo adolescente, unos ingresos bajos y la sensación de haber sido estafada, de ser la mayor boba de la tierra.

En 2016 empezó a salir con una rapera de 22 años a la que poco después sustituyó por la niña *influencer*, unos tres o cuatro años mayor que la anterior.

El renacer de Edi era un hecho.

———◆———◆———

Nancy

Los días en casa fueron mucho mejor de lo que esperaba. Y creo que mejor de lo que esperaban mis padres. No hubo peleas, ni conflictos. Sid se mostró muy cariñoso y contento. Salir de Nueva York significó un respiro para él.

Papá y mamá nos llevaron de vuelta a la estación. Yo estaba de un humor extraño y sombrío. Tantos recuerdos de golpe me asfixiaban. La Nancy que fui y la que era. Lo había logrado, me había labrado mi camino y cumplido mis sueños, no obstante me atosigaba una sensación difícil de explicar, era como cuando empieza el dolor de muela, la primera rampa, el aviso inminente de que un dolor devastador se avecina.

Algunos días, la esperanza de ver a Sid triunfando en América me ayudaba a seguir adelante, a salir a la calle y batallar por él, por nuestro futuro. En otros momentos, como a la vuelta de Huntingdon Valley, sentía que ya no me quedaban fuerzas, que los recortes de los periódicos nos escupían la cruda realidad, unos rostros que ya no eran los mismos, unas sonrisas que brillaban menos, unas expectativas inciertas.

Sabía que moriría muy joven. Lo supe siempre, y en aquellos momentos también supe que me quedaba muy poco tiempo. Que pronto la rampa que anuncia algo mucho peor se convertiría en un dolor contra el que no podría luchar, que me aniquilaría por fin.

Nuestro pacto de muerte se aproximaba.

Antes de morir, necesitaba ver a Sid en un escenario neoyorkino, cumplir ese sueño. Después, ya todo estaría hecho.

En aquel viaje en coche hasta la estación, me despedí de mis padres. Les dije que no cumpliría los 21.

No sé si me tomaron en serio.

Sid no abrió la boca en todo el trayecto.

Nancy

Después del chasco con los músicos de los Dead Boys que miraban a Sidney por encima del hombro, reclutamos a gente de confianza, buenos músicos que conocíamos: Jerry Nolan, a quien Sid admiraba profundamente, Arthur Kane y el bueno de Steve Dior. No ensayaron mucho, ni tampoco hizo falta. Sabían lo que hacían y se lo pasaban bien, el público de Nueva York se divertiría y conocería por fin al auténtico Sid Vicious, el que arrasaba sobre un escenario.

En total el grupo hizo tres conciertos, y cada uno de ellos atrajo a más gente. Muchas, muchísimas personas se quedaron fuera sin poder entrar en el Max's y tuvieron que abrir la salida de incendios para hacer sitio. Fue espectacular. Sid estuvo bien, quizás demasiado colocado en algunos momentos, pese a que insistí en que se controlara las semanas previas al concierto, no obstante estuvo gracioso, contando chistes y el grupo sonó muy bien. En el último concierto participó Mick Jones de The Clash que estaba en Nueva York por aquellos días y era amigo de Sid desde los primeros tiempos del punk en Londres. Fue mítico.

Había fotógrafos como Bob Gruen y Eileen Polk, gente de medios, punks veteranos que conocía de siempre, músicos de las nuevas bandas.

La horda de *groupies* más zorras y despiadadas que pueda imaginarse estaban allí, afilando las uñas, pero no tuvieron la más mínima opción con Sid. Las novias y mujeres de los músicos marcamos la distancia.

Yo ya no era una de ellas, quizás en realidad nunca lo fui porque no me aceptaron y me ningunearon y me llamaron «nauseabunda Nancy». Cualquiera de esas furcias habría dejado en la estacada a Sid cuando se disolvieron los Sex Pistols, y habría ido en busca de carne fresca, de otro músico al que seducir. A mí ni siquiera se me pasó por la cabeza. Amaba profundamente a Sid y creía en él.

Era todo mi mundo y yo el suyo. Eso era algo que ellas no tendrían.

Por fin, Nueva York estaba a mis pies.

Nancy

Conseguir metadona en Nueva York era un calvario al que yo ya estaba acostumbrada, en cambio Sid perdía la paciencia muy fácilmente en las colas interminables de pirados en las peores calles de la ciudad. Era imposible que pasara desapercibido. Algunos lo reconocían, o simplemente se metían con él por su acento, porque era diferente, porque se aburrían de esperar, y Sid se enfrascaba en las peleas con un entusiasmo juvenil e inconsciente. Por más que le explicara que corría un riesgo innecesario, que cualquier de aquellos tipos que no tenían nada que perder podían apuñalarle en una reyerta, él seguía respondiendo a las provocaciones, y para colmo empezó a hacerlo en compañía del cuchillo que Dee Dee Ramone le regaló. Temía que un día tuviéramos un disgusto serio. No habría ninguna belleza ni dignidad en una muerte callejera y evitable.

No tenía que ser así. Tenía que ser un acto hermoso, una última prueba de amor.

Esas semanas fueron oscuras, Nueva York dejó atrás el calor espantoso del verano y llegó un otoño ventoso.

Nos costaba salir a la calle, ni siquiera para conseguir heroína o metadona. Por suerte, el Chelsea era un supermercado de la droga, no hacía falta salir para que con una llamada te trajeran cualquier cosa, unos Tuidales en el peor de los casos, y siempre quedaba el recurso de visitar la habitación de algún conocido y fumar un poco de hachís.

Sid se pasaba días enteros tirado en la cama, sin fuerzas ni ganas de moverse. Miraba el álbum de recortes y meneaba la cabeza con tristeza.

- ¡Qué guapos y felices estábamos aquí, Nancy!

La nostalgia por un tiempo que apenas había pasado lo ahogaba, y a mí, lo he reconocer, también.

Ya nunca me miraba al espejo. La que veía era una Nancy extremadamente delgada. Desde que fuimos a casa de mis padres había perdido otros seis kilos. Mis ojos estaban sitiados por ojeras negras y profundas y mi aspecto era demacrado.

Sid no estaba mejor.

- Tenemos que hacer algo -le dije.

- ¿Cómo qué?

- Nos metemos un chute definitivo y marcharnos de este mundo de mierda. Hagámoslo, hagámoslo de una vez, Sid. Ya no puedo más.

Hablamos de ello, estábamos enfermos, sin blanca. Con mi aspecto no podía volver a mi antiguo trabajo de dominatrix, ni aspirar a prostituirme, y Sid no sabía qué hacer. No estaba preparado para aquello, para la caída, o tal vez en realidad nunca estuvo preparado para él éxito.

Íbamos a hacerlo, cuando ocurrió algo que llevábamos semanas esperando, llegó el dinero que Virgin le debía a Sid por los royalties de «My way». Fue una inyección de ilusión. Tampoco nos corría tanta prisa morir. Teníamos dinero para drogas, para vivir bien y planear algún concierto más. Nos pondríamos guapos y saldríamos por el CBGB.

Todavía no había llegado la hora.

Nos quedaba una bala que gastar, un nuevo día juntos.

La eternidad nos aguardaba, y acudiríamos fieles a la cita, a su debido tiempo.

Ariadna

En diferentes documentales sobre la muerte de Nancy se ha hablado de un tal Michael que pudo ser el autor de su muerte, un personaje escurridizo que no queda muy claro si llegó a existir. Durante un tiempo calibré la posibilidad de que Mike y Michael fuesen la misma persona. Eso tendría cierto sentido. Sin embargo, ni las descripciones físicas ni el tipo psicológico encajaban lo más mínimo. Visioné varias veces la cinta de Liz Buckley antes de enviársela a James y Graham para que la hicieran pública de inmediato, apuntándose un gran tanto para promocionar su museo del punk londinense y reventar la puja de Francis Hitch. Según la narración de Mike en la entrevista, aquella noche entró en la habitación 100 del Hotel Chelsea con la expresa orden de liquidar a Nancy Spungen. Nunca supo quién le encargó el asesinato.

La encontró desesperada, tratando de conseguir drogas. Mike se ofreció a conseguirlas (cabe suponer que Nancy y él se conocían, aunque en la entrevista ese extremo no queda demasiado claro). Nancy sacó un fajo de billetes arrugado que llevaba sujetos en una goma del pelo y se los ofreció.

- Tráeme lo que sea.

Mike se marchó con la promesa de conseguir drogas y volvió al cabo de pocos minutos.

- Solo he podido encontrar algo de hachís.

- Está bien, al menos me calmará hasta que vaya a por la metadona.

Nancy y el asesino fumaron durante un buen rato. Ella se relajó, estaba adormecida y no desconfió de él en ningún momento. Cuando cayó en un sopor conveniente, Mike la apuñaló en el vientre.

- Procuré que la puñalada no fuese muy profunda, que pareciera que se la había autoinfringido ella misma. Nancy andaba todo el día con cuchillos, y Sid también, se cortaban mutuamente y a sí mismos. Limpié mis huellas y me marché. No tengo ni idea de por qué se arrastró hacia el baño, cuando lo lógico habría sido hacerlo hacia la puerta o al menos en dirección a la cama en la que dormía Sid. Tal vez quería morir y en el fondo, le hice un favor.

Llevé a cabo algunas averiguaciones antes de abandonar Nueva York. Ni en las declaraciones que los testigos de aquella noche hicieron a la policía, ni en los múltiples documentales y entrevistas posteriores, nadie mencionó jamás a alguien que encajara remotamente con Mike, nadie le vio en el Chelsea aquella noche, ni siquiera, los que tuvieron la gentileza de atenderme, lo recuerdan. Tampoco a Graham, por cierto, aunque sí di con una aspirante a actriz que vivía en el Chelsea en la época, y que acabó trabajando en el sector hotelero. Me dijo que le sonaba un inglés o escocés de voz profunda que estaba muy bueno y quería ser actor, pero no recordaba el nombre.

Hablé también con un ex policía de Nueva York conocido de Liz Buckley. Me aseguró que la muerte de Mike Richards fue catalogada como accidental.

- Lo más probable es que el pobre diablo se cayese al Hudson estando borracho o drogado. No había nada que indicara que se tratara de un asesinato ni nada por el estilo.

Mi última bala era la familia de Nancy.

No logré hablar con ninguno de ellos.

Tenía ante mí todas las piezas del rompecabezas pero no sabía dónde debía colocarlas.

- Puede que nunca se llegue a averiguar la verdad, mamá.

Jon estaba de pie, con las manos en los bolsillos de los bermudas, observando mi despliegue de fotos, apuntes y libros desparramados sobre la cama del hotel.

- Supongo que fui una ingenua al suponer que podría averiguar algo después de tanto tiempo. Quería darle dignidad a la muerte de Nancy y a su familia. No puedo imaginar su sufrimiento, no solo por la muerte de su hija o hermana, sino por el escarnio público al que se la ha sometido todos estos años. Y ahora volverá a empezar, a raíz del 40 aniversario de su muerte. No sé si tiene sentido que escriba el libro, ¿para qué? ¿Para contribuir a alimentar la leyenda?

- Tienes que hablar de la Nancy que tú has descubierto. Es lo único que puedes hacer por ella, creo yo.

Miré a mi hijo, y de pronto, lo vi más alto, más mayor y me sentí triste a la vez, por el niño que quedaba en el olvido, y orgullosa por el hombre que podría llegar a ser.

A la mañana siguiente, recogí mi material, Jon y yo bajamos a desayunar. Nuestro vuelo, salía en poco más de tres horas.

Bebí un trago de zumo.

- Jon, podríamos...

El móvil se le había caído de las manos. Estaba blanco. Temblaba.

- Jon, ¿te encuentras bien?

Trató de hablar. Las palabras no le salían. El temblor iba en aumento. Empecé a asustarme. Recogí el móvil del suelo y leí el mensaje.

Ingrid había muerto.

La madre de Ingrid tardó unas pocas horas en enviarme un WhatsApp amenazante y furibundo. Habían tomado la decisión de emprender acciones legales contra Jon y le prohibían acudir al entierro de su hija.

Le entregué el artículo a Blai.

- Te felicito. Has hecho un gran trabajo. Sabía que no habías perdido tu toque.

Mi mundo se venía abajo, y tenía seis meses para escribir un libro sobre la muerte de Nancy.

Lo sucedido con Jon me dio una nueva perspectiva de la historia, no pude ver a Nancy y su historia del mismo modo.

Es gratuito juzgar a los padres de Nancy, incluso a la madre de Sid. Eran otros tiempos, otras vidas, qué se yo lo que habría hecho si mi hija padeciera una enfermedad mental no diagnosticada y su comportamiento arruinara la convivencia familiar. Ahora quiero creer que no la habría echado de casa con diez años, que no habría permitido que la drogasen desde la más tierna infancia, pero la ventaja del tiempo y de los conocimientos actuales juegan a mi favor.

La infancia de Nancy fue un calvario que marcó su vida y su personalidad.

Nancy era esquizofrénica, pero nadie acertó con el diagnóstico, y cuando lo hicieron, lo ocultaron a sus padres que no lo supieron hasta muchos años después de la muerte de su hija.

Al principio dije que este libro era por todas las mujeres que amaron a un músico y fueron demonizadas por ello. También es por todas las madres que ven ahogarse a sus hijos y no encuentran el salvavidas.

Acompañé a Jon a declarar voluntariamente.

Afrontar los errores y acatar las consecuencias.

No se me ocurre un salvavidas mejor, una lección de vida más sabia que pueda legarle a mi hijo.

Le condenaron a 600 horas de trabajo comunitario en un centro abierto especializado en toxicomanías y se comprometió a dar charlas en distintos institutos a lo largo del siguiente curso.

La familia de Ingrid exigió una compensación económica que Edi estuvo encantado de pactar.

Cada uno construye sus salvavidas con un material distintivo.

El de Nancy era una trampa.

Estaba hecho de muerte.

Epílogo

Cuando puse el punto final a este libro, ya era invierno. Jon llevaba la mitad de sus horas de trabajo comunitario y anunció que quería estudiar psicología, sin olvidar, claro, sus estudios de música.

Edi y la niña *influencer* ya no estaban juntos. Me insinuó que estaría interesado en volver, y le dije que no. El pasado es una puerta cerrada, no tiene sentido volver a abrirla. Edi siempre formará parte de mi vida, como padre de Jon, y como el hombre que ha marcado mi adolescencia y mi juventud, ese es su puesto y en él debe quedarse.

Hice caso a Blai, y dejé las entrevistas a productos televisivos de nuevo cuño y fugaz vida musical y volví a mis orígenes, a los buenos artículos, a las revistas de referencia.

Las palabras de Jon aquella noche en Nueva York me vinieron a la cabeza en varias ocasiones: «Tienes que hablar de la Nancy que tú has descubierto».

Vi claro que mi cometido no era elaborar teorías que se sostienen con alfileres, ni lanzar hipótesis conspiratorias sin ton ni son.

Después de hablar con personas que la conocieron a ella y a Sid, de leer, de escuchar entrevistas y visionar horas de documentales, creo que lo más probable es que la pareja quisiera llevar a cabo el pacto de muerte del que a menudo hablaban, y Sid, noqueado por las drogas, no pudo cumplir su parte. O tal vez, sus habituales juegos con cuchillos se les fueron de las manos.

A estas alturas, eso sí, dudo mucho que Sid asesinara a Nancy, y en caso de lo que hiciera, lo más probable es que fuese a petición de la propia Nancy.

Esa es mi visión de la historia, la que encaja con sus personalidades y su retorcida historia de amor y destrucción.

La otra opción perfectamente viable es que la matara un camello del Chelsea para robarles los 20.000 dólares que desaparecieron aquella noche.

No me interesaba Nancy, ni su historia hasta que profundicé en ella y aprendí muchas cosas y ahora mismo, mientras la noche cae sobre Barcelona me doy cuenta de que le debo mucho a Nancy Spungen, la reina sin corona del punk.

Historias del punk: protagonistas y otras curiosidades

Douglas Glenn Colvin, «**Dee Dee Ramone**», 19 de septiembre de 1951 - 5 de junio de 2002. Fundador, bajista y principal compositor de la banda de punk rock, «The Ramones» desde 1974 hasta 1989. Pasó su infancia en Berlín y en la adolescencia se trasladó a Nueva York. En el barrio de Forest Hills conoció a sus futuros compañeros de banda, John y Tommy. Escribió muchos de los temas más emblemáticos del grupo y siguió componiendo para ellos hasta 1996, año de la disolución oficial del grupo. Fue politoxicómano desde la adolescencia, y aunque pasó épocas completamente limpio, murió de una sobredosis de heroína en 2002.

John Anthony Genlaze, «**Johnny Thunders**», 15 de julio de 1953 - 23 de abril de 1991. Cantante y guitarrista. Miembro de The New York Dolls entre 1971 y 1975. Junto a Jerry Nolan y Richard Hell fundó The Heartbreakers, grupo fundamental del punk neoyorquino, aunque su fama fue mayor en el Reino Unido. Tras una vida entera de adicción a las drogas, murió en circunstancias poco claras, en abril de 1991. Su cuerpo sin vida fue hallado en la habitación de un hotel.

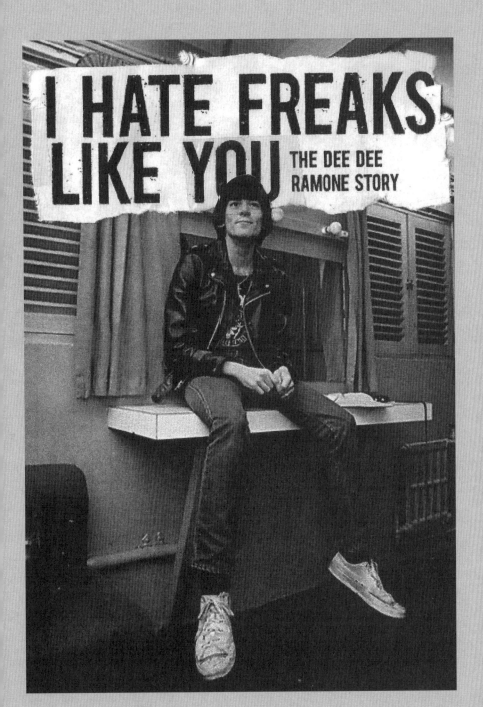

I HATE FREAKS LIKE YOU THE DEE DEE RAMONE STORY

Debora Ann Harry, 1 de julio de 1945. Cantante y actriz estadounidense, vocalista de Blondie y una de las principales iconos del punk americano. Nació en Miami, aunque a los pocos meses de vida fue adoptada por un matrimonio de Nueva Jersey. Ya de pequeña mostró inclinaciones musicales y a los 19 años se marchó a Nueva York. Realizó todo tipo de trabajos como camarera, secretaria y conejita de Playboy y pronto entró en el entorno de Andy Warhol. A mediados de los setenta conoció al guitarrista Chris Stein que sería su pareja profesional y personal en las siguientes décadas. Juntos crearon un grupo llamado Angel and the Snake al que más tarde rebautizaron como Blondie. En 1976 sacaron a la luz su primer álbum. Sería el comienzo de una larga y exitosa trayectoria musical con grandes éxitos como *Heart of glass*, *Atomic*, o *Call me*. En 1982, se anunció el fin del grupo. En los ochenta y noventa, Debbie se centró en el cine y en sus discos en solitario. Participó como actriz en más de treinta producciones, entre ellas *Hairspray* (1988) y *Mi vida sin mí* (2003) dirigida por la cineasta catalana Isabel Coixet. En 1998, Blondie regresó a la escena musical con el súper hit *Maria*. Desde entonces la actividad del grupo ha sido bastante continua, alternándose con proyectos personales de Debbie. Su último álbum *Polinator* (2017) fue aclamado por la crítica.

Gerard «Jerry» Nolan, 7 de mayo de 1946 - 14 de enero de 1992.

Fue batería de The New York Dolls a partir de 1972 cuando sustituyó al fallecido Billy Murcia, y posteriormente junto a su inseparable amigo Johnny Thunders y Richard Hell (ex Television) fundó The Heartbreakers. En 1977 se unió a The Idols, compartiendo formación con Steve Dior y Barry Jones. En los ochenta se casó y residió en Suecia. Murió víctima de un derrame cerebral en Nueva York.

Simon John Ritchie, «**Sid Vicious**», mayo de 1957 - febrero de 1979. Bajista de Sex Pistols. Tuvo una infancia complicada junto a su madre drogadicta. En la adolescencia conoció a Johnny Lindon (más tarde Johnny Rotten). Desde muy joven se sintió atraído por el movimiento punk londinense y quiso formar parte de él. Fue el inventor del pogo (un baile que consistía en saltar constantemente) y se convirtió en fan incondicional de los Sex Pistols. Cuando Glen Matlock abandonó el grupo por diferencias con Rotten, este propuso a Sid para sustituirle a pesar de sus nulos conocimientos musicales. Vicious estaba empeñado

en ser una verdadera estrella del rock a imagen y semejanza de sus admirados Dee Dee Ramone y Johnny Thunders. A principios de 1977, conoció a Nancy Spungen e iniciaron una relación destructiva que unida a la severa adicción a la heroína de ambos, marcaría de forma trágica la sus vidas. Tras la disolución de los Sex Pistols, Vicious trató de reflotar su carrera en solitario con la ayuda de Nancy, hizo algunos conciertos en Londres y Nueva York y grabó en parís el famoso vídeo con su versión de «My way». El 12 de octubre de 1978 fue detenido acusado de apuñalar a Nancy en la habitación 100 del hotel Chelsea. Los abogados de Virgin Records consiguieron que saliera en libertad condicional, pero un incidente violento con el hermano de Patti Smith, Tod, le devolvió

Sable Starr,
Santa Monica Civic, 1973.
"No dejar fuera a tu amigo, pero quizá Iggy.

a la cárcel. Tras salir en libertad, a la espera del juicio, el 2 de febrero, celebró una fiesta en Nueva York con su madre y algunos amigos. Por la mañana, le encontraron muerto de una sobredosis. Días más tarde, hallaron entre sus cosas una nota que decía: «Hicimos un pacto de muerte, yo tengo que cumplir mi parte del trato. Por favor, entiérrenme al lado de mi nena. Entiérrenme con mi chaqueta de piel, vaqueros y botas de motociclista. Adiós».

Sable Hay Shields, «**Sable Starr**», 15 de agosto de 1957-18 de abril de 2009. La *groupie* más famosa de la escena de Los Ángeles y reina de las *baby groupies*, chicas muy jóvenes, apenas niñas, que tenían sexo con las estrellas del rock. Fue inmortalizada por Iggy Pop en la canción «Look away». Tuvo relaciones con Robert Plant, Iggy Pop, David Bowie,

Mick Jagger, Rod Stewart y Alice Cooper entre otros. A los 16 años se escapó de casa para vivir con Johnny Thunders. Se trasladó con él a Nueva York y allí conoció a Nancy Spungen, de la que se hizo amiga. Después de poner punto final a su relación con Thunders debido a los celos patológicos de su novio y las continúas palizas que sufría, tuvo una aventura con Richard Hell tras la cual regresó a Los Ángeles. En los ochenta ya no formaba parte del ambiente musical. Se trasladó a Nevada donde llevó una vida anónima, tuvo dos hijos y murió de cáncer a los 51 años.

Hotel Chelsea. El legendario establecimiento hotelero ubicado en 222 de la calle Oeste 23d, ha visto pasar por sus estancias a una extensa lista de personalidades del mundo de la cultura y el espectáculo que han permanecido largas temporadas como residentes habituales. Entre ellos, Arthur C. Clark que escribió *2001, una odisea en espacio* en su habitación del Chelsea; Arthur Miller, Gore Vidal, Jack Kerouac, Simone

de Beauvoir, Dylan Thomas, Ethan Hawke, Milos Forman, Keith Richards, Richard Hell, Leonard Cohen, Dee Dee Ramone, Bob Marley, Jon Bon Jovi, Sid Vicious y Nancy Spungen, Frida Kahlo y Diego Rivera y muchos más. El hotel es famoso por ser el escenario de la muerte de Dylan Thomas y del asesinato de Nancy Spungen la noche del 12 de octubre de 1978.

Teddy Boys. Subcultura que tuvo una gran aceptación en el Reino Unido a partir de los años cincuenta, inspirada en parte en la indumentaria eduardina y asociado con el rock and roll. Algunos de ellos atacaban en pandillas a las bandas rivales y especialmente a los punks a finales de los setenta.

«Look Away»
(Iggy Pop)
I slept with Sable when she was 13
Her parents were too rich to do anything
She rocked her way around L.A
'Til a New York doll carried her away

Look away Look away

Now he was blond and she was dark
They called him Thunder 'cause he had the spark
The dream he dreamed was straight and pure
But the confusion of life was gonna get him for sure

Look away Look away

They shared their clothes and their cowboy boots
Left them all over the floor while they dyed their roots
They live the dream and they went non-stop
They did' ok 'til the band broke up

Look away Look away Look away Look away

Unfortunately the needle broke
Their rock and roll love like a bicycle spoke
I found her in a back street with her looks half gone
She was selling something that I was on

Look away Look away

Las novelas del rock

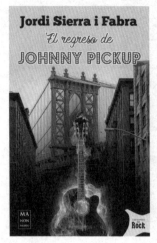

El regreso de Johnny Pickup
Jordi Sierra i Fabra
Un auténtico clásico: una sátira feroz y despiadada del mundo del disco y sus engranajes

Johnny es un tipo legal, un rockero entre los grandes a quien se le ocurrió la peregrina idea de retirarse a una isla desierta en la Polinesia. A su encuentro acude un crítico musical llamado George Saw que se ha propuesto sacar a Johnny del olvido y volver a Nueva York. Pero Johnny lleva demasiados años retirado, y ni Nueva York es la misma ciudad que conoció, ni el rock ha dejado de evolucionar. Hasta el mismo Dylan se ha convertido al cristianismo. ¿Cómo puede sobrevivir un dinosaurio en un lugar así?

Próximamente:

Vinatge
Grégoire Hervier

Un joven guitarrista apasionado por los instrumentos musicales, que trabaja ocasionalmente con un vendedor de renombre, tiene la mision de entregar una antigua guitarra a un excéntrico coleccionista inglés en una mansión en las orillas de Loch Ness. El coleccionsta le encarga una misión increíble: encontrar el prototipo de una guitarra mítica, misteriosa y maldita, la Moderna. aunque no se sabe si realmente existió... Cinco años de documentación y una erudición impresionante han resultado en una novela con aire vintage, una ensoñación increíble, al ritmo de los viajes por carretera en USA sobre los orígenes artísticos y técnicas de blues, rock'n'roll, metal ... y las guitarras.

Guías del Rock & Roll

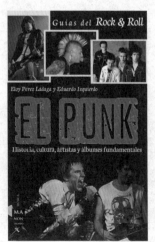

El Punk
Eloy Pérez Ladaga y Eduardo Izquierdo

Sin nombres como The Stooges, The Clash, Sex Pistols, Ramones, Fugazi, Sick of It All, Black Flag, Heartbreakers, The Dictators, Misfits y tantos y tantos otros el punk no podría entenderse. Lo que nació como un movimiento contracultural se convirtió muy pronto en una seña de identidad entre los más jóvenes de una generación que veían en su lema –No Future– y en el reflejo de su música la bandera en la que refugiarse ante los complejos momentos que vivían. Así que para entender qué fue y qué es el punk, de dónde salió y por qué, cómo creció y se reprodujo y qué artistas y discos hay que conocer y escuchar surge esta guía escrita a cuatro manos por dos de los mejores especialistas musicales y que mejor conocen este movimiento.